春風の軍師

居眠り同心 影御用 22

早見 俊

時代小説
二見時代小説文庫

春風の軍師——居眠り同心 影御用22

目次

春風の軍師　居眠り同心　影御用22・主な登場人物

蔵間源之助《くらまげんのすけ》……北町奉行所の元筆頭同心で今は閑職の〝居眠り番〟。難事件に挑む。

蔵間源太郎《くらまげんたろう》……源之助の息子。北町定町廻り同心となり矢作兵庫助の妹、美津《みつ》を娶る。

杵屋善右衛門《きねやぜんえもん》……日本橋長谷川町の老舗の履物問屋の五代目。源之助とは旧知の間柄の碁仇《ごがたき》。

善太郎《ぜんたろう》……杵屋善右衛門の跡取り息子。悪の道から源之助に救われた過去を持つ。

矢作兵庫助《やはぎひょうごのすけ》……凄腕とも豪腕とも呼ばれ、南町奉行所きっての暴れん坊の評判を取る男。

京次《きょうじ》……通称「歌舞伎の親分」と呼ばれる男前。源之助に見いだされ岡っ引きとなる。

草薙頼母《くさなぎたのも》……夜の日本橋で襲われたところを源之助に救われた相州《そうしゅう》浪人。

黒蛇の丹三《くろへびのたんぞう》……関八州を荒らし回る盗人一味の首領。背に黒蛇の彫り物を背負う。

袴田左衛門《はかまださえもん》……三浦藩の郡方藩士。草薙頼母に弟子入りを志願する。

留吉《とめきち》……草薙頼母が居候をしている造り酒屋、星野屋の下男。

白河楽翁《しらかわらくおう》……かつての老中首座にして将軍後見役であった松平定信《まつだいらさだのぶ》の隠居名。

白石主水《しらいしもんど》……榛名藩で郡方を務めていた藩士。一揆に加わった五人衆の一人。

内川弥太郎《うちかわやたろう》……榛名藩江戸藩邸に詰める馬廻り。

砂山虎之助《すなやまとらのすけ》……内川弥太郎と同役。仲間を募り自分たちを鎮撫組《ちんぶぐみ》と称する。

牧村新之助《まきむらしんのすけ》……同心見習いの頃、源之助に仕込まれ、後に源太郎を指導した北町の同心。

緒方小五郎《おがたこごろう》……源之助の後任の筆頭同心。例繰方《れいくりかた》に永く務めていた冷静な人物。

第一章　兵学者

一

「心地よいのう。たまらぬ夜だ」

春爛漫《らんまん》、艶《つや》めいた弥生《やよい》（三月）の夜風が頬を撫でる。

蔵間源之助《くらまげんのすけ》は日本橋《にほんばし》の通本町《とおりほんちょう》、すなわち表通りを歩いていた。空には三日月が微笑《ほほえ》み、小唄の一つも口ずさみたいところだが、源之助に小唄だの三味線だのの趣味はない。

春らしい淡々とした柔らかな夜空を彩《いろど》る月も星も、降り注ぐ光にも温《ぬく》もりを感じるのは歳を重ねたせいだろうか。

懇意にしている日本橋長谷川《はせがわちょう》町の履物問屋杵屋《きねや》の主人善右衛門《ぜんえもん》相手に、碁を三局立て続けに勝ったことで気を良くしている。

とはいっても、いかつい顔までは優しげにはなっていないことを源之助本人は気付いていない。

鉛の薄板を底に仕込んだ、特別あつらえの雪駄《せった》を履いているにもかかわらず足取りは軽い。すると、不穏な足音が近づいてくる。大店《おおだな》が軒を連ねる大通りだが、雨戸が閉じられて寝静まっているために地べたを蹴る足音の不穏さが際立った。

春夜を楽しむ気分が一瞬にして消え去り、腰を落とすと大刀の鯉口《こいぐち》に左手の親指をかけた。

数人の侍が走って来る。

鯉口を切ると刀の柄《つか》に右手を伸ばした。

ところが、侍たちは源之助には目もくれず、一陣の風となって脇をすり抜けた。

振り返ると、侍たちは一人の男に殺到していた。男も形《なり》からすると侍である。侍たちは男を囲んだ。次いで、抜刀する。月光を受け、刃が鈍い輝きを放つ。

いかなる事情かはわからないが、一人を複数の男が襲撃することを黙認できない。

北町奉行所《きたまちぶぎょうしょ》に勤める八丁堀同心《はっちょうぼりどうしん》の誇りが、江戸の玄関口といえる日本橋で行われる刃傷沙汰《にんじょうざた》を放ってはおけない。

「待たれよ」

源之助は声を放った。

侍たちが源之助を見た。

しかしそれも束の間、囲んだ相手に一人が斬りかかる。男も抜刀し、刃を受けた。

刃と刃がぶつかり合う鋭い音が朧夜《おぼろよ》に響く。

「おのれ」

数を頼った卑怯な襲撃への怒りと無視された腹立たしさに突き動かされ、源之助は飛び出した。侍たちの動きが乱れた。二人が源之助に向かってくる。

源之助も大刀を抜き、二人の攻撃に対した。一方、襲われた男も奮戦した。たちまちにして日本橋の往来では大立ち回りが始まった。

夜とはいえ、江戸を代表する町屋とあって刃傷騒ぎが見過ごされるはずもない。近くの自身番から数人の町役人《ちょうやくにん》たちがやって来る。三つの御用提灯《ちょうちん》が近づいてくると侍たちは浮足立ち、一人が大刀を鞘《さや》に納めたのを機に引き揚げて行った。

敵の脅威が去ったことを見定めてから源之助も納刀して、襲われた男に近づいた。

「かたじけない」

男も大刀を鞘に戻すと頭を下げた。

町役人たちが駆けつけて来た。中には源之助を見知っている者もいる。

それもそのはず、源之助は北町奉行所の同心である。

背は高くはないががっしりした身体《からだ》、日に焼けた浅黒い顔、男前とは程遠《ほどとお》いいかつい面差《おもざ》し、一見して近寄りがたい風貌であるが、これほど頼りになる男はいない。北町奉行所きっての腕利き同心であった。

あったというのは、定町廻《じょうまちまわ》りと筆頭同心を外《はず》され、今は両御組姓名掛《りょうおんくみせいめいがかり》という閑職にあるからだ。とはいえ、閑職に身を置こうと、頼ってくる者が絶えないことがかえって源之助の敏腕ぶりを物語ってもいた。

源之助の安否を気遣う町役人にどこも怪我はしていないと応対してから、男に向き直った。

「わたしは北町の蔵間源之助と申します。まずは、番屋で落ち着かれよ」

八丁堀同心であることを示すべく腰から十手《じって》を引き抜くと男の前に翳《かざ》した。十手を確かめたせいだろうか、男は源之助の誘いに素直に応じた。

自身番で茶を飲みながら男の素性を確かめた。男は相州《そうしゅう》浪人草薙頼母《くさなぎたのも》と名乗った。聞き覚えがあるなと思案を巡らしたところ、

「榛名一揆《はるないっき》でご活躍された草薙頼母先生でいらっしゃいますか」

町役人の一人が目を輝かせた。

草薙は首を縦に振ったもののはにかむように目を伏せた。

昨文化《ぶんか》十四年（一八一七）の神無月《かんなづき》、上州《じょうしゅう》榛名で大規模な一揆が起きたのだ。鎮圧されたのは四月後《よつき》、今年の如月《きさらぎ》であった。

百姓たちは決死の覚悟で領内の砦《とりで》に籠《こも》った。砦は戦国の世に築かれたもので、榛名山系の奥深く築かれていた。一揆勢の総数は三千人を超えた。このため榛名藩は幕府に応援要請をした。事態の深刻さを知った幕閣は関東の大名たちに軍勢を拠出させ榛名に向かわせた。軍勢の指揮を執ったのは老中《ろうじゅう》岡村備前守《おかむらびぜんのかみ》元信《もとのぶ》だ。

幕府軍は榛名藩の軍勢と併《あわ》せて三万を超えた。大軍であったことと泰平続きで戦《いくさ》支度《じたく》をしたことがない大名ばかりとあって、榛名に到着するのに一月《ひとつき》を要した。

その間に、一揆勢は砦を修繕した。

堅固に改修された砦は要塞と化し、包囲した幕府軍とさながら戦国の世の籠城戦《ろうじょうせん》を展開した。一揆勢は討伐軍を翻弄《ほんろう》し、討伐軍に多くの犠牲者が出た。討伐軍は砦を攻めあぐね年を越し、力攻めにはよらず使者が出向き、一揆勢との和議が話し合われた。和議が整ったのが如月の十日である。

百姓たちの望みは聞き入れられた。榛名藩の過酷な年貢《ねんぐ》取り立てが明らかとなり、榛名藩は郡《こおり》奉行を始め、家老や重役五人が切腹、藩主村上肥後守《むらかみひごのかみ》重信《しげのぶ》は隠居、そして榛名藩は五万石から三万石に減封《げんぽう》となった。一揆勢も代表者十人が打ち首に処されたが彼らは領民を救った英雄として碑文が刻まれ、生まれ育った各々の村の鎮守《ちんじゅ》の社《やしろ》に祀《まつ》られた。

事実上、一揆勢の勝利である。

凄まじい一揆であったが、百姓たちが幕軍相手に奮戦できたのは一人の軍師がいたからだと評された。実際砦の修繕、軍勢を引き受けての攻城戦を戦えたのは軍師の立てた軍略によるところが大きいと判明したのだ。

その軍師こそが草薙頼母なのだ。

幕臣の末端に連なる八丁堀同心としてはあってはならないのだが、源之助も一揆勢の奮戦に快哉を叫んだものだ。源之助に限らず世間の目も同じで、読売は一揆勢の味方に立った記事を連日書き記し、一揆が落ち着くと軍師草薙頼母を今孔明《いまこうめい》と持ち上げた。

その草薙頼母がこの男とは。

読売は涼やかな風貌の若侍だと記していたが、眼前の草薙はまさしく紅顔の美青年といえた。春風のような安らぎさえも感じる。

草薙は処罰を受けなかった。むしろ、あっぱれなる軍師ぶりだと称賛されたのである。楠木《くすのき》流兵学を学んだ浪人であるそうだ。今ここにいるということは、一揆が鎮圧されて後には江戸に出て来たのだろう。

今や英雄の草薙頼母が侍たちに襲われた。

「侍たちに心当たりはござるか」

源之助が問いかけると、

「三浦《みうら》藩の者たちでしょう」

迷わず草薙は答えた。

「三浦藩が何故、草薙殿を襲うのでござるか」

「仕官に応じぬからです」

相模《さがみ》国三浦藩三万石倉持越中守《くらもちえっちゅうのかみ》は幕府の命令で討伐軍に加わった。家老大月玄蕃《おおつきげんば》が軍勢を率いて榛名に参陣した。ところが、草薙の軍略によって先鋒を担《にな》った榛名藩の軍勢が崩れ、後陣を守っていた三浦藩の軍勢も陣形が乱れて多大な犠牲者を出すに及んだ。三浦藩は軍勢の指揮を執った家老大月が責任を負って切腹した。

一揆鎮圧のあとに三浦藩主倉持越中守は草薙を憎むどころか、優れた手腕を見込んで召し抱えようとしたのだとか。

「ところが、わたしが応じませぬもので、三浦藩は面目《めんもく》を失い、このような挙に出たということでしょう」

草薙は言った。

家老が切腹し、事実上敗北を喫したにもかかわらず草薙の手腕を見込んで仕官を求めているのに袖にされ、倉持越中守や藩の上層部は憎さ百倍となったようだ。

「今、草薙殿は何をなさっておられる」

源之助が問いかけると、

「南茅場町《みなみかやばちょう》に侘《わび》住まいを得まして、近所の子供たち相手に手習いなどを教えております」

南茅場町は関東地回りの酒を扱う酒問屋が軒を連ねている。草薙の住まいも酒問屋で星野屋《ほしのや》というそうだ。星野屋は榛名の造り酒屋から酒を仕入れており、造り酒屋も一揆に加わったことから草薙を快く迎えてくれたという。

草薙ほどの名声ならば、三浦藩ばかりか様々な大名家から仕官の誘いがあるに違いない。

「仕官の気持ちはござらぬか」

源之助の問いかけを草薙はいかにも無関心のように首を横に振って否定してから、

「左様、目下《もつか》のところはその意志はござらぬ」

「何故でござるか」

問いかけておいて立ち入り過ぎではないかと己を戒《いまし》めたが、

「侍などはつまらぬと申したら、失礼でござるが、命長らえたわたしには日々暮らせることが無上の喜び。この暮らしを壊したくはないと申したら軟弱者と嘲《あざけ》られるでしような」

「軟弱者などとは口が裂けても申せませぬ。過酷な年貢取り立てに喘《あえ》ぐ民、百姓のために縁《えん》も所縁《ゆかり》もない草薙殿が身命を賭《と》して戦われた。誰にもできることではござらん。軍略に優れておられることは当然として、わたしは草薙殿の勇気に感服致しました」

語り合ううちに源之助の胸は熱くなった。

討伐軍との戦いは過酷を極めたことだろう。江戸で平穏な日々を送る者に戦いの実相はわからない。それゆえの無責任な思いであろうが、一揆勢と討伐軍の戦いは合戦そのものの興奮を呼び起こす。太閤記《たいこうき》のような軍記物でしか知らない合戦、二百年も昔の戦国絵巻が榛名砦で再現され、しかも、一揆勢の軍略を担った軍師と向かい合っていることの喜びを感じた。

源之助の熱い思いをいなすように、草薙は自嘲気味な笑みを浮かべた。

「確かに縁も所縁もない百姓たちのために身命を賭しました。恩賞も出世の望みもなく……。もちろん、勝算の目処《めど》もなく、生還できる保証など百に一つもありませんでした。名を高めることなど到底できるとは思えず、御政道に背《そむ》いた罪人として屍《しかばね》を晒すこととなる。そんな一揆に何故わたしが加わったのかおわかりでしょうか」

決して軽々しい答えなど返せない雰囲気となった。草薙の心中を推し量り、想像を巡らし、言葉を選んでいると草薙自らが答えてくれた。

「実に穢《けが》れた動機です。ある意味、恩賞や出世、名声を求める方が人として当然のことと思えるくらいにわたしが一揆に身を投じたわけは不純なものでした」

小さなため息と共に草薙は言葉を止めた。

どう応じていいのかわからない。話の継《つ》ぎ穂《ほ》に困っていると草薙の口が開かれた。

「試したかったのです」

草薙は斜め上を見上げた。

その横顔は憂いに彩られていた。遠くを見るような目のまま草薙は続けた。

「己《おの》が兵学が実戦で役立つか、わたしは試したくなりました。榛名で一揆が起き、戦国の世に築かれた砦に籠ったと聞き、わたしは全身の血が湧き、肉が躍《おど》りました」

　草薙は楠木正成《くすのきまさしげ》が創始したとされる楠木流兵学を学んだ。上方《かみがた》で何人もの兵学者に入門したのだが、いずれも満足できるものではなく、いつしか我流《がりゅう》で研究を続けたという。楠木流ばかりか甲州流《こうしゅうりゅう》の兵学、更には孫子《そんし》も学んだ。机上の学問ばかりか、戦国の世に繰り広げられた合戦の様子を知ろうと、古戦場、城塞を巡り絵図に軍勢の配置を書き記し、負けた側に立ち、敗因とどうすれば勝てたかを分析した。

　書物と実地検分を続けるうちに、身に着けた兵学をいつの日にか役立てたいと強く思うに至った。最後の合戦、島原《しまばら》の一揆が起きたのは寛永《かんえい》十五年（一六三八）。以来、百八十年もの間、泰平の世が続いている。それゆえ、兵学が役に立つ機会など訪れはしないと諦めてもいた。

　そんな矢先、榛名で大規模な一揆が起きたと耳にした。一揆勢は使われなくなった砦に籠ったと聞き、己が兵学が役立つと草薙は勇躍して榛名に向かったのだそうだ。

　砦に行き、一揆の代表者に面談を求め、一揆勢のために役に立ちたいと申し出た。代表者たちは草薙を胡散臭《うさんくさ》いと受け入れようとはしなかったが、一揆側に立った榛名藩の藩士たちの中に兵学を学ぶ者がいた。榛名藩にも過酷な年貢取り立てに苦しむ領民に同情し、藩を見限って一揆側に立つ者が四人いたのだ。そのうちの一人に草薙は迎えられた。

とはいっても無条件で受け入れられたわけではなく、草薙は兵学を試された。いかにすれば討伐軍を撃退できるのか意見を求められたのだ。

「わたしは高ぶる気持ちを抑え、砦を見て回りました」

砦の弱点を指摘し、補修を施し、切り立った崖を生かした防御を提案した。三方には二重に空堀《からぼり》を巡らし櫓《やぐら》を立てた。わざと一方には堀や櫓を設けず、樹幹の間に穴を掘り百姓たちを潜《ひそ》ませて敵勢を誘う策を建言した。

草薙の策は受け入れられ、一揆勢に加わったのだ。

「己が兵学を試したくて一揆勢に加わりました。実に嫌な男です。まだ、出世、恩賞、名声を求める方が人というものでござりましょう。現実の討伐軍との戦いは過酷を極《きわ》め、兵学などは慰めに過ぎませんでした。味方ばかりか敵も多くが犠牲となったのです。夥《おびただ》しい血が流れ、死屍累々《ししるいるい》の戦場はこの世の地獄。わたしは世間に顔向けなどできない。何度、死のうと思ったことか」

弱々しげに草薙は首を横に振った。

仕官などしては死んだ者に申しわけないようだ。

空気が重くなったところで、町役人の一人が口を挟んだ。

「御立派でございます。たとえどのような理由からでありましょうと、草薙先生が弱い、民、百姓たちのために命をかけられたのは事実でございます」

その通りだと源之助もうなずく。

「むろん、死は覚悟した。四月《よつき》に及ぶ戦いで敵味方、大勢の者が命を落としたのは事実。しかるに、わたしはこうして生きながらえております。やはり、死んでいった者の御霊《みたま》を慰めるのがわたしの余生と心に決めました」

見たところまだ二十代の半ばだろう。命がけで名声を得た前途有望な兵学者が数多《あまた》ある仕官の口を断り、死んだ者たちの慰霊で余生を送る、果たしていいのだろうか。

余計なお世話だが勿体《もったい》ない気がする一方で、草薙の気持ちもわかる。

壮絶な戦いであったに違いない。

草薙頼母という男に同情もしたくなった。

いずれにしても、三浦藩に殺させていいものではない。

「お邪魔した」

軽く一礼すると草薙は腰を上げた。

町役人も一斉に頭を下げた。

「お送り申す」

源之助も立った。

「これ以上のお手数をおかけするわけにはまいらん」

「なに、乗りかかった舟です。南茅場町であれば、八丁堀は近いです」

源之助の申し出を、

「では、お言葉に甘えましょうか」

草薙は受け入れ、自身番から外に出た。

二人は並んで歩きだした。人気《ひとけ》はなく、星空や夜桜を楽しむゆとりさえ持ちながら南茅場町に至った。草薙は酒問屋星野屋の裏手に回ると木戸を入り、裏庭を横切ると離れ座敷に向かった。

離れ座敷は母屋《おもや》と渡り廊下で繋がり、瓦葺《かわらぶき》屋根の御堂のような建物であった。渡り廊下を上がろうとしたが、草薙は源之助に振り返り、礼の言葉を言った。源之助も会釈を返す。闇に閉ざされた庭先から沈丁花《じんちょうげ》が香った。

草薙はにっこり微笑むとくるりと背中を向けた。月光にほの白く浮かんだ草薙の笑顔が沈丁花の香りと共に源之助の脳裏に刻まれた。

二

明くる四日、奉行所に出仕した。

両御組姓名掛の仕事は、南北町奉行所の与力《よりき》、同心の名簿作成である。本人や身内が死亡したり、縁談があったり、子供が生まれたりした時に、その都度《つど》、資料を追加していく。いたって、閑《ひま》な部署である。このため、南北町奉行所合わせて源之助ただ一人という閑職《かんしょく》なのだ。

人呼んで居眠り番である。

このため、奉行所の建屋の中ではなく、築地塀《ついじべい》に沿って建ち並ぶ土蔵の一つが詰所である。三方の壁に書棚が置かれ、南北町奉行所の与力、同心の名簿がイロハ順に収納されていた。真ん中に二畳の畳が横に敷かれ、文机《ふづくえ》と火鉢があるだけの殺風景な空間だ。

ただ今の時節は、天窓から覗く桜が彩りを与えてくれる。今日は花冷えというべきか、肌寒く火鉢に手を翳《かざ》した。

特にやるべき用向きとてなくぼうっとしていると、

という、がさつで大きな声と共に引き戸が開けられた。

南町奉行所定町廻り同心矢作兵庫助《やはぎひょうごのすけ》だ。南町一の暴れん坊と評判通りの牛のように無骨《ぶこつ》な容貌で、あり余る気力を持て余すように肩を怒らせながら大股で歩いて来た。

南町の同心が北町奉行所に顔を出すのは、「親父殿」と呼んでいるように矢作が源之助の息子源太郎《げんたろう》の妻美津《みつ》の兄だからで、加えて八丁堀同心として源之助を尊敬しているからでもある。

とはいっても、接する態度は開けっ広げで二人の仲を知らない者から見ると、年長者を敬うことのない無礼な男と映る。

源之助の前にどっかと腰を下ろし、脇に置いてある火鉢で湯気を立てる鉄瓶から急須に湯を注いで、勝手に茶を淹《い》れた。

「親父殿《おやじどの》」

「今日はなんだ」

矢作が淹れた茶を受け取り、源之助が問いかける。

「黒蛇《くろへび》の丹三《たんぞう》一味を知っているだろう」

一口茶を啜《すす》ると矢作は、「あちち」と顔を歪ませた。

「関八州《かんはっしゅう》を荒らし回っている盗人《ぬすっと》一味だな。半年前だったか、一味の何人かが八州廻りに捕縛され、以来、ぱったり消息が途絶えているそうだが」

黒蛇の丹三は二つ名が物語るように背中に黒蛇の彫り物を施している。上野国《こうずけのくに》高崎《たかさき》宿《しゅく》の博徒《ばくと》であったが、二年前賭場《とば》が関東取締出役《かんとうとりしまりしゅつやく》、通称八州廻りに摘発されたことがきっかけとなり、手下《てした》を率いて関八州を荒らし回る盗人となった。商家、庄屋、金を持っていそうな家に押し入り、殺しも躊躇《ためら》わずに盗みを働いた。しかし、手下たちは元は博徒、自分たちも博打《ばくち》好きであった。荒稼ぎした金で賭場に通い、ついに一月《ひとつき》前熊谷《くまがや》宿でお縄になったのである。

八州廻りは手下に口を割らせ、首領の丹三も捕縛しようとしたが、丹三の行方は知れないまま時が流れている。

「それでな、今回、町方《まちかた》、八州廻り、火付盗賊改方《ひつけとうぞくあらためかた》が合同で丹三探索に当たることになったんだ。江戸の市中は南町が担当することになって、おれが役目をおおせつかった。これから、関東郡代《ぐんだい》、代官《だいかん》屋敷に行くところさ。捕縛の指揮を執るのは関東郡代望月次郎三郎《もちづきじろさぶろう》さまだ」

関東郡代代官所は柳原《やなぎわら》通りに面し、浅草御門《あさくさごもん》近くにある。途中に立ち寄ったということだろう。

「黒蛇の丹三、江戸に入ったのか」

「わからないが、可能性はあるようだ。賭場を探すことから始めることになるだろうさ」

「遣《や》り甲斐《がい》のある役目だな」

暇な身には羨ましくもなる。

「何か面白いことはないか」

茶を冷ましながら矢作が聞いてきた。

「ない」

と答えてから、はたと昨夜のことを思い出した。

「榛名一揆で名を馳せた草薙頼母とひょんなことで知り合った」

源之助が言うと、

「草薙頼母というと、今孔明とか今竹中《たけなか》と呼ばれる兵学者じゃないか。ひょんなことって、どんな具合で知り合ったのだ」

暴れん坊だけあって、三万の討伐軍を三千で凌《しの》いだ名軍師に、矢作は興味津々《しんしん》となった。

「さる武家たちに斬りかかられたのだ」

昨晩起きた草薙襲撃事件を、三浦藩の名前は伏せて語った。

「ほう、そうか。で、草薙頼母、どんな男なのだ。やっぱり、諸葛《しょかつ》孔明みたいな風貌か。それとも、山本勘助《やまもとかんすけ》のように隻眼《せきがん》の軍師か」

矢作は身を乗り出した。

静かに首を横に振ると源之助は、草薙が誠実な若者であると答え、

「春風のような安らぎを感じさせる男であったぞ」

「ふ〜ん、春風な」

十倍の討伐軍を翻弄した凄腕の軍師という、巷《ちまた》で流布《るふ》する軍師像と重ねることができないようで、矢作は首を捻っていたが、

「邪魔したな」

と、湯呑に残る茶を飲み干して出て行った。

矢作がいなくなり、草薙頼母のことが気にかかった。暇な身だ。訪ねてみようと、星野屋へ足を向けた。

星野屋の裏庭にある離れ座敷を覗いた。

昨晩は夜陰で見えなかったが沈丁花が薄紅色の四弁花を咲かせ、春光を受けて緑の葉が鮮やかな光沢を放っていた。

空には刷毛《はけ》で薄く伸ばしたような雲が広がる春麗《うらら》かな昼下がり、草薙は庭で薪《まき》を割っていた。粗末な着物をもろ肌脱ぎにし、上半身を汗で光らせてひたすらに鉈《なた》を振るっている。決して立派な体格ではない。武芸者というよりは、学者といった感じだ。

すると、

「先生、わたくしがやります」

木の陰で見えなかったが若い男がいるようだ。生垣《いけがき》に沿って若い男を見ることができる位置に移った。若侍が一人平伏していた。

「先生、わたくしが」

もう一度声を励まして繰り返した。

草薙は穏やかな表情で、

「わたしは先生ではありません」

薪割の手を止め、額の汗を手巾《しゅきん》で拭った。

「わたくしを弟子にしてください」

男は言った。

どうやら、弟子入り志願者のようである。

「何度申したらわかるのですか、わたしは弟子を取るつもりはありません」

「お願いします」

男は額を地べたにこすりつけた。

「やめてください。迷惑です」

「決ってご迷惑はおかけしません。是非ともわたしを先生の弟子にしてください」

「いくら頼まれても弟子など取る気はございません」

草薙は繰り返した。

「先生……」

男は声を詰まらせ、悲痛に顔を歪めた。

ところが、鼻の右脇に大きな黒子《ほくろ》がある。頬が強張《こわば》ったため黒子が微妙に動き、本人には悪いが間の抜けた顔に見えてしまった。

「帰ってください」

草薙は静かに告げ離れ座敷へと向かった。男は立ち上がり、拳を握りしめ草薙の背中に向かって深々と腰を折った。次いで、くるりと踵《きびす》を返し裏木戸から出て来た。源之助と鉢合わせ、ぎょっと立ち止まってから軽く一礼して通り過ぎようとした。

「もし」

源之助が声をかけると、男は止まった。

「草薙殿に弟子入り志願ですか」

源之助が問いかけると、

「ええ、まあ」

男は警戒している。源之助は素性を告げてから、昨晩草薙と遭遇したことを語った。三浦藩による襲撃のことは黙っていた。

「よろしかったら、茶でも」

源之助の誘いに男は応じ、

「拙者、三浦藩倉持越中守さま家来袴田左衛門《はかまださえもん》と申します。国許《くにもと》で郡方《こおりかた》に仕官しております」

三浦藩……。榛名一揆討伐軍に加わり、多くの犠牲者を出し、家老が切腹した。それにもかかわらず草薙の手腕を認め仕官を求めた。ところが仕官に応じない草薙に面目をつぶされたと命を奪おうとした。襲撃者が藩命で草薙襲撃を企てたのかはわからないが、藩内で草薙憎しの感情を抱いている者はいるだろう。

ひょっとして、袴田も怨みを抱き、弟子入り志願を装って草薙に近づいて、命を奪おうと企んでいるのだろうか。

源之助は強い疑問と興味を袴田左衛門に抱いた。

すると、年老いた男が二人の横をすり抜け木戸から中に入って行った。粗末な木綿の着物を尻はしょりにし、醬油で煮詰めたような手拭《てぬぐい》で頰被《ほおかむ》りをしている。五尺に満たない小柄な身体、土に汚れた顔は疱瘡《ほうそう》の名残《なごり》だろうか、あばたがあった。手拭で頰被りをしているのはあばたを隠すつもりかもしれないが、大して役には立っていない。

男は割られた薪を見て、

「旦那さま、薪はわしが割りますと言ったでごぜえましょう」

どうやら、下男のようだ。

離れ座敷の障子が開き、

「留吉《とめきち》、わたしは若い。力が余っておる。そなた、身体をいとえ」

草薙らしい労《いたわ》りの言葉が留吉にかけられた。星野屋から言いつかって草薙の身の周りの世話をしているのだろう。

茶店で源之助と袴田は茶を飲んだ。問わず語りに話を聞くと袴田は一月前、国許から江戸勤番になった。国許では郡方に勤め、上役とそりが合わなかったそうだ。領民の窮状を見かねて上役に掛け合っても聞く耳を持ってくれなかった。上役も袴田を煙たがっていた。

「領民たちの窮状を目《ま》の当たりにした昨年の秋のこと、榛名において大規模な一揆が起きたと耳にしたのです」

藩は幕府の命令で討伐軍に加わった。袴田も加わり、一揆勢の立て籠る砦を攻撃した。しかし、一揆勢と戦ううちに、百姓たちの窮状がわかり、三浦藩の百姓たちの姿と重なった。同情したが私情に流されてはならじと己を奮《ふる》い立たせたそうだ。

「拙者、多少の兵学をかじっておりました。それゆえ、生意気にも軍略をひけらかし軍勢に策を献策したのでござる」

袴田が立てた策は、松明《たいまつ》を大量に用意して軍勢を大軍に見せかけ、その隙に砦の裏手、空堀がない斜面から攻め登るというものであった。

「ところが、そのような小細工、通じませんでした」

三浦藩の軍勢は砦の裏手を登った河原で立ち往生した。待っていましたとばかりに丸太を投げ込まれ、算《さん》を乱して逃げ惑い、川で溺れ死ぬ者が続出したそうだ。

袴田は責任を取り切腹しようとしたが、周りに止められた。

「浅はかでした。それで、本物の兵学を学びたいと思い、草薙先生に弟子入りしようと思ったのです」

袴田は言った。

言葉に嘘は感じられない。草薙暗殺を狙っての弟子入り志願ではないだろう。

となると袴田の気持ちはわからないでもないが、草薙は弟子を取りはしないし、最《も》早《はや》兵学をやる気はないという。気の毒だが、弟子入りは無理だろう。実際、断られたではないか。

「草薙殿には断られておられたではござらんか」

諦めた方がいいという気持ちを込めて源之助は言った。

「何事も断《くじ》られてから始まると存じます」

袴田は挫けない。

これを不屈の精神とみてよいのか、諦めの悪い融通の利《き》かなさということなのか。

「そうは申しても、草薙殿も弟子を取らないということは、先ごろの一揆で心に相当の傷を負ったからだと拝察する。そのような草薙殿を苦しめることになるのではないでしょうかな」

諦めた方がいいという気持ちをさらに強く込めて源之助は言った。

願いが通じたのか、袴田はしばらく考える風にしていたが、

「いや、草薙先生は決して兵学を捨てることはございません」

やけに確信めいた物言いで断じた。

この男、何度断られてもめげずに通っているだけあって頑固《がんこ》者だ。鼻の右脇にある黒子のせいで呆《ほう》けて見えるが意志の強い一徹《いってつ》者と言った方がいいか。

「ほう、それはいかなるわけで」

「兵学者というものは、学問で学んだことを試したくなるのです。しかし、今は泰平の世、兵学を試す現場などありはしない。ところが、先頃の一揆はまさしく兵学を試す絶好の場であったのです。そして、草薙先生は己が兵学を駆使し、御公儀の大軍に対して一歩も引かなかったのです。そんな草薙先生は己が兵学の正しさを、身をもって経験されたのです。成功体験は必ずや繰り返し伝えたいものではござらぬか」

案外と袴田は思慮深いようだ。

なるほど、どのような人であれ成功談を語りたがり、語っているほど気持ちのいいことはない。

袴田の言うことは一理ある。しかし、草薙は今のところ望んではいない。いや、敢えて誇りたくなる気持ちを封じ込めているのではないか。死んだ者たちの霊を慰めて余生を送るつもりでいるのだ。そんな草薙を呼び覚ますことはあるまいという気がする。

「しばらく日を空けてはいかがでござるか」

袴田のためを思い源之助は勧めた。

「いや、ここは押し時でござる。草薙先生は迷いが生じておるのです」

袴田は耳を貸さない。

「さて、どうでござろうな」

否定的な思いを込めて源之助は疑問を投げかけた。

「迷っておられる」

袴田の思いは揺るがない。

三浦藩による草薙襲撃を袴田は知らないようだ。

「わたしは諦めません」

袴田は強調した。

「留め立てする権利はわたしにはござらんゆえ、聞いていただくことはないが、わたしはそっとしておくべきと存ずる」

源之助は言った。

「ご忠告、痛み入る」

袴田はぺこりと頭を下げた。

「達者で」

「蔵間殿も」

袴田は急ぎ足で出て行った。

なんとも複雑な思いに源之助は駆られた。

源之助は茶店を出ると、星野屋の離れ座敷へと引き返した。

裏庭に草薙の姿はなかった。留吉が草むしりをしている。

しんと静まり返った離れ座敷には人の声がした。来客のようだ。弟子入り志願者であろうか。それにしては落ち着いている。

出直そうかと思っていると、障子が開いた。

初老の身形《みなり》、立派な侍が出て来た。品格もあり、威厳を漂わせている。かといって物腰は柔らかで一角《ひとかど》の武士、しかも相当に身分ある者であることを窺わせる。

草薙の高名を聞き、数多の大名家が仕官の誘いをかけてくるということだ。この男は、大藩の家老ではないか。只者ではない気風を漂わせている。

男が渡り廊下から沓脱石《くつぬぎいし》に揃えてある雪駄に足をかけたところで草薙が顔を出した。男の背後に正座をし、両手を膝の上で揃えている。

雪駄を履き終え、男は振り返った。

「泰平の世の兵学、そなたにならば打ち立てることができよう」

声音《こわね》も風貌同様に威厳に満ちていた。

「わたしごときが成せるとは思えませぬ」

草薙も極めて丁寧に返した。

「いや、そなたならできる。わしは、そなたにこそ泰平の世の兵学を大成してもらいたい。民を慈《いつく》しみ、己を捨てることこそが真の武士というものじゃ。そして、真の武士にしか泰平の兵学はできぬ」

男は言うと、ではまたと歩き去った。

源之助は呆然と立ち尽くした。

一体、何者であろうか。

これまでに抱いたことのない、畏れと威厳を感じる。男と言葉を交わしたわけでも、ましてや刃を交えたわけでもないのに、感じるこの威厳。

是が非でも素性が知りたくなった。

三

武士のあとをつけようとしたが駕籠《かご》が待っていた。螺鈿《らでん》細工の豪華な駕籠である。

やはり、相当に身分のある武士のようだ。駕籠を追おうとした時、

「これは、蔵間殿」

と、草薙頼母に声をかけられてしまった。無視することはできない。源之助も挨拶をして裏木戸から身を入れた。

「どうしたのですか」

屈託のない笑顔を向けてくる。

「いや、近くにまいりましたので」

当たり障りのない言い訳をすると、

「まあ、どうですか」

草薙に招かれ中に入った。離れ座敷に入ると、書物がぎっしりとあった。孫子などの兵学書で溢れている。源之助の視線に気づいた草薙は、

「兵学を捨てようと思ったのですが、どうも書物を捨てることはできませんな」

恥じ入るように草薙は頭を掻いた。

「連日、弟子入り志願が押しかけているようですな」

「弟子は取らないと申しても、聞き入れてくれない者もおります。実に困ったものです」

草薙の顔からは、その言葉を裏付けるように苦笑が漏れた。

「ところで、ただいま、身形《みなり》のご立派な武家が出て行かれたがどなたさまでござるか」

思い切って問いかけてみた。

草薙は表情を落ち着かせ、

「白河楽翁《しらかわらくおう》さまでございます」

「白河楽翁……」

白河楽翁とは松平定信《まつだいらさだのぶ》の隠居名、かつて老中首座《ろうじゅうしゅざ》、将軍後見役として幕政を担った大物である。老中を辞してからは白河藩の藩政に専念していたが六年前の文化九年（一八一二）に隠居し、築地《つきじ》にある下屋敷で隠居暮らしを送っている。

そうはいっても、定信に従って寛政の改革を行った者たちは依然幕閣に残り、「寛政の遺臣」と一目《いちもく》置かれていることから定信自身も幕政に力を持ち続けている。

松平定信が訪れるとは、草薙頼母の評判がいかに高いかを改めて思い知った。

「白河楽翁さま、仕官の誘いですか」

平穏な世の兵学を打ち立てろと定信は言っていた。しかし、それを盗み聞きしていたとは言えない。

「白河楽翁さまはわたしに、泰平の世の兵学を創始せよと申しておられるのです」

「それはいかなる兵学ですか」

「わたしにもよくわかりません。そもそも兵学は戦乱の世にあってこそ役立つ学問ですからな」

「白河楽翁さまが草薙殿に期待されるのはやはり一揆勢を指揮して見事な策を立てたからですか」

「そのようです。そして、わたしがなんのお咎めもないままに解き放たれたのも白河楽翁さまの意志によるものだとか」

草薙は言った。

よほど、松平定信は草薙を気に入ったようだ。

話の継ぎ穂を失い、気まずい空気が流れたところで草薙が言った。

「蔵間殿、碁《ご》をおやりになりますか」

思いもかけない言葉であった。

「下手《へた》ですが」

返事をすると、

「ならば、一局」

草薙は部屋の隅《すみ》にある碁盤を持って来た。相手は名軍師、さぞや強いだろう。対局に応じたことを後悔してしまった。無様《ぶざま》な負けをする自分が脳裏に過《よぎ》る。

そんな源之助の思いが顔に出たのか、

「ご案じめさるな。わたしはいたって弱いのです」

謙遜だろうと思う。

「実際、始めたばかりです」

言うと、ごく自然に黒石を取った。源之助が白番となる。

対局が始まる。

草薙はほとんど考える暇もなく黒石を置く。なるほど弱い。

意外であったが、楽しいひと時を過ごすことができた。

「これに懲《こ》りず、また、一局、御指南くだされ」

謙虚にも草薙は頭を下げた。

「いや、こちらこそ」

源之助も応じると腰を上げた。

離れ座敷を出ると庭掃除をする留吉と目が合った。留吉は源之助に向かって丁寧にお辞儀をした。

源之助も会釈を返し、外に出た。

夕闇迫る街角を帰宅した。

翌五日の朝、居眠り番に一通の書状が届けられた。差し出し人の名前を見ると白河とだけ記してある。

「白河……。まさか」

まさか白河楽翁こと松平定信などではあるまい。昨日、定信を見かけたことが妙な妄想を呼び起こしているようだ。

自分を戒めて書状を開ける。

なんと、白河楽翁こと松平定信からの書状であった。文面は素っ気なく、築地の屋敷を訪ねよということだけが記してあった。松平定信が自分に何用だろう。

ひょっとして草薙頼母に関わることであろうか。

疑問に加えて、強烈な好奇心に胸が鷲摑《わしづか》みにされた。

夕刻、築地の松平定信の下屋敷を訪れた。

定信は六年前の文化九年に隠居後、下屋敷に住んでいる。二万坪という広大な屋敷には浴恩園《よくおんえん》と呼ばれる名庭園がある。定信自ら庭の手入れをするほどに作庭に熱心だそうだ。

裏門から屋敷の中に入ると、江戸とは思えない世界が広がっている。大きな池の周辺には満開の桜や山吹が植えられ、竹林もあるが庭には見えない。どこかの山里をそのまま運んで来たかのようだ。野鳥の囀《さえず》りがかまびすしく、鍬《くわ》を担いだ農夫が行き交っていそうだ。

ご丁寧に地蔵まであり、夕陽を受けて茜《あかね》に染まっていた。子供たちが遊び回り、寺の鐘が打ち鳴らされてもおかしくはない。

江戸市井《しせい》の喧騒とは無縁の庭は、政《まつりごと》から身を引いたかつての名宰相松平定信、白河楽翁の今の心況を表しているのだろうか。

この庭には風流を解する大名や書家、絵師、学者が大勢訪れ、定信が彼ら文化人と歌を詠《よ》んだり絵を描いたり、語らったりするのを楽しみにしているそうだ。

家臣の案内で御殿の控えの間に通された。庭とは違って質素な座敷である。もっとも、寛政の改革の際には質素倹約を旨とし、贅沢華美《ぜいたくかび》を戒めた定信らしいともいえる。

しばらくして定信がやって来た。

平伏し素性を名乗る。

「かまわぬ、無礼講《ぶれいこう》じゃ。今わしは隠居の身ゆえのう。遠慮はいらぬぞ」

定信は気さくに声をかけてきた。

源之助は顔を上げた。

蠟燭《ろうそく》の明かりに浮かぶ定信は穏やかな表情ながらも眼光鋭く、嘘やごまかしは一切《いっさい》できそうにない。

「蔵間源之助、そなたのことは調べた。なかなかに腕利きのようじゃな」

定信は言った。

「今は、居眠り番と申します閑職の身でございます」

自嘲気味な笑みを浮かべてしまった。

「なんの、そなた居眠り番などという閑職にありながらも、様々に厄介な御用を持ち込まれ、尚且《なおか》つ遂行しておるそうではないか。影御用と申すそうじゃな」

定信は全てお見通しのようである。

源之助が黙っていると、

「今回はわしの影御用を受けてもらいたい」

と、定信が告げた。

「勿体のうございます」

源之助は頭を下げた。

「草薙頼母を存じておるな」

定信は言った。

「はい」

嘘は吐《っ》けない。

「草薙の身辺に目を配るのじゃ」

「承知しました」

と、引き受けてから、自分が身辺を警護しなくとも定信がその気になれば、配下の者に任せることができよう。源之助の心の内を見透かしたように、

「そなたは草薙の懐《ふところ》に入り込んでいる」

「どういうことでございますか」

「ずいぶんと親しいではないか」

「ですが、身辺の警護となりますと、拙者一人よりはそれなりの人数を配された方がよろしいと存じます」

源之助は言った。

「何も警護するというのではないのじゃ」

「と、おっしゃいますと」

「草薙の身辺をよく見張れということじゃ」

「見張れとは、草薙殿に不穏な動きがあるということですか」

それは信じられないことだ。

「草薙本人になくとも、草薙に近づき、草薙を利用しようとする者がおる。それを見張るのじゃ」

定信は言った。

「承知しました。白河さまは、草薙の何を恐れておるのですか」

「あ奴の頭脳よ。たとえ、徒手空拳《としゅくうけん》の身であっても、軍師と申すものは頭だけで数万の軍勢を動かすことができる。泰平の世にあって、兵学者はおっても、いずれも実戦を知らぬ者たちばかり。それに比べて草薙は実際に軍勢を指揮して御公儀の軍勢相手に見事な采配を振るった。まさしく、真《まこと》の軍師なのじゃ。いってみれば危険人物」

定信の目が凝らされた。

危険視しているのなら、どうして草薙の命を助けたのだ。一揆勢に加担した謀反人《むほんにん》として断罪されてもおかしくはなかったし、本人もその覚悟を持っていたのだ。

「草薙殿を助けたのは白河さまでございますな」

「いかにも」

　定信はうなずいた。

「何故、お助けになられたのですか」

「惜しいからじゃ。あれだけの才能を死なすことが忍びなかった」

「それが今になって危険とお考えでございますか」

　つい、批難めいた言葉になってしまった。しかし、定信は怒ることもなく、

「複雑な思いよ」

　と、言った。

四

　定信は続けた。

「わしは、草薙に泰平の兵学を打ち立てよと願った」

「泰平の兵学とはいかなるものにございますか」

　源之助が問いかけると定信は苦慮し、

「わしもその答えが導き出せぬ。草薙なれば打ち立てられるという期待を持っておる

のじゃ。剣を考えてみよ。柳生新陰流《やぎゅうしんかげりゅう》は戦国の世とは違う剣法を編み出しておる。人を活かす活人剣《かつじんけん》を打ち立てた」

「お言葉ですが、兵学は戦においてこそ役立つ学問と存じます。その兵学が泰平の世に役立つものでしょうか」

無礼を承知で疑問を投げかけた。

「泰平の世の兵学とはわしの夢物語なのかもしれぬ。目下《もっか》、日本の近海にはオロシャ、エゲレスをはじめ、西洋の船が出没しておる。それら西洋の国と戦にならぬよう努《つと》めねばならぬが、辞を低くして応対しておっては舐めてかかられる。舐められたらおしまいだ。かといって、戦を仕掛けることはせぬ。そして、何よりも日本に攻め込ませない。このことを大成できるような兵学はないものかと思っておるのじゃが、さてさて、極めて難しかろうとは思うのじゃがな」

定信自身、考えがまとまってはいないようだ。

源之助には雲を摑むような話である。

到底泰平の世の兵学などできようとは思えない。疑問をぶつけても禅問答となるだけであろう。

「曖昧《あいまい》ですまぬが、わしは草薙に泰平の世の兵学を打ち立てて欲しい。そのためには、草薙を争い事に巻き込んではならぬのじゃ」

定信は強い決意を示した。

「承知しました」

ともかく、草薙の身辺に目配りをしよう。

思いもかけない影御用である。


六日の朝、源之助の息子、北町奉行所定町廻り同心蔵間源太郎は亡骸《なきがら》を検《あらた》めていた。いかつい面構えの父とは似ない色白の優男《やさおとこ》ながら、父親譲りの悪を許さない強い信念を持ち、八丁堀同心の役目に熱心である。一方で、己が考えに固執する一面があり、経験不足は否《いな》めない。

脇に従えているのは手札《てふだ》を与えている岡っ引、歌舞伎《かぶき》の京次《きょうじ》だ。歌舞伎の京次という二つ名が示すように元は中村座《なかむらざ》で役者修業をしていたが、性質《たち》の悪い客と喧嘩沙汰を起こし、役者をやめた。源之助が取り調べに当たった。口達者で人当たりがよく、肝《きも》も据《す》わっている京次を気に入り岡っ引修業をさせ、今では、「歌舞伎の親分」と慕われ、一角《ひとかど》の十手持ちとなっている。

神田明神下《かんだみょうじんした》の往来に倒れていた亡骸は侍であった。月代《さかやき》や髭《ひげ》が伸び、みすぼらしい身形をしていることから浪人と思われた。

浪人は背中から一太刀浴びせられ、胴や腕、足にも斬り傷があった。

「複数の侍の仕業《しわざ》ですね」

京次が言った。

「そのようだな」

源太郎も異存がない。

「一人を、寄って集《たか》って膾《なます》みたいに斬るとは卑怯な侍たちですぜ」

京次は吐き捨てた。

まさしく卑怯な所業で唾棄《だき》すべき輩《やから》の仕業と腹が立ってきた。この男によほど深い恨みがあったのだろうか。それとも、行きずりの凶行であろうか。

「まずは、浪人の素性を確かめるとするか」

源太郎は浪人の亡骸をひとまず近くの自身番に運ぶことにした。

労せずして浪人の素性がわかった。

神田明神下の自身番に、兄が帰らないと届けにきた武家の娘がいたからだ。娘は近くの長屋に住む白石《しらいし》早苗《さなえ》と名乗った。早速、町役人が使いに出て早苗を呼んできた。

早苗は亡骸を兄白石主水《もんど》だと証言した。

ひとしきり悔やみの言葉を並べたてから、源太郎は早苗に向いた。

さすがは武家の娘、早苗は涙をこらえ気丈に応対をしてくれた。

まずは素性を確認した。

白石主水は今年の如月まで上野国榛名藩村上肥後守の家来、国許で郡方の役人であった。今年、二十五歳だそうだ。

「榛名藩と申されると、昨年の冬から今年にかけて一揆騒動がありましたな」

源太郎の問いかけに早苗は首肯《しゅこう》した。続いて身の上を語った。

「兄は一揆に加担したのです」

早苗は言った。

郡方の役人であった白石は領内を巡回するうちに領民たちの窮状を知り、お救い小屋の設置と年貢の減免を郡奉行に願い出た。しかし、郡奉行は白石の訴えを黙殺、白石は領民たちに同情し、一揆に加わったのだった。両親とは決別し、榛名藩村上家を抜けての覚悟であった。

一揆勢に加わり砦に籠った。討伐軍との間で和議が整い、砦から出ると死を覚悟した。藩への帰参も認められたが、白石は申し出を断り切腹しようとした。

ところが、

「兵学者の草薙頼母先生を慕い、草薙先生から死ぬことを戒められて、生き恥じをさらす覚悟で江戸に出てまいったのです」

早苗は言った。

草薙頼母の盛名は江戸でも評判になった。今孔明とか今竹中とかいわれている。

「江戸では何をしておられた」

「幸い兄は剣の腕が立ちましたので、近所の町道場で師範代を任されていました」

白石は中西《なかにし》派一刀流の遣い手であるとか。一揆での戦いにより、剣の評判は更に高まった。江戸勤番であった頃通っていた神田白壁町《しらかべちょう》の町道場大野道雲《おおのどううん》に招かれ、師範代を引き受けた。榛名一揆の勇者として名前が上がった白石を迎えた大野道場は、稽古をつけてもらう希望者が跡を絶たないそうだ。

下手人《げしゅにん》たちは白石が遣い手であることを想定し、複数で襲ったと思われる。背中にも一太刀浴びせていることから、騙し討ちに遭ったことが推察できる。

「卑怯ですね」

京次が野太い声で卑怯という言葉を繰り返した。源太郎も下手人への怒りがこみ上げているが、努めて冷静に、

「下手人の心当たりはありますか」
「滅多なことは申せまぬが」
早苗は前置きをしてから、このところ榛名藩の者たちが大野道場を訪れるようにな
ったと証言した。
「榛名藩は白石殿に恨みを抱いておるのですか」
「そうした方々もおるようでございます」
藩から見れば一揆勢についた白石は裏切り者なのだ。
京次が、
「読売に白石さまのことが書かれておりましたね」
読売のことだから、面白おかしくさながら軍記物のように榛名一揆のことを書きた
てていた。一揆勢に加勢する侍たちのうち、草薙を今孔明にたとえ、草薙の下《もと》で奮戦
した侍たちが四人いたことを記し、草薙と併せて榛名一揆五人衆と勇者ぶりを讃えて
いた。その四人の中の一人が白石主水だ。
読売に書きたてられた白石の奮戦は見事なもので、江戸庶民の大いなる共感を呼ん
でいるのである。榛名藩には苦々《にがにが》しい思いを抱いた者もいるだろう。
「榛名藩のどなたが訪問されておったのですか」

源太郎の問いかけに、

「江戸藩邸の方々でありますが」

早苗は答え辛そうだ。

名前を挙げた瞬間に下手人候補になってしまう。

「教えてくだされ。兄上は榛名の領民たちのために立ち上がった。領民たちのために
も兄上の死を無駄にはできませぬ。兄上の御霊を慰めるためにも下手人を挙げねばな
りませんぞ」

強く源太郎は迫った。

「それはわかりますが」

早苗は躊躇《ためら》っている。

「早苗殿」

源太郎がもう一度迫ったところで腰高障子が開かれた。一人の侍が慌ただしく入っ
て来た。

「内川《うちかわ》さま」

早苗は侍に向いた。

羽織袴《はかま》に身を包んだ立派な身形をしている。早苗が見知っていることからして榛

名藩の藩士であろう。内川は白石の亡骸の傍《かたわ》らに屈《かが》み込んだ。両手を合わせてまずは白石の冥福を祈った。合掌《がっしょう》を終えてから立ち上がると源太郎を振り返って、

「拙者榛名藩江戸藩邸に務めます、馬廻り内川弥太郎《やたろう》と申します」

内川は礼儀正しい所作で一礼をした。源太郎も京次も名乗り挨拶を返す。榛名藩の藩士だということは、白石を斬った者たちの見当がつくのかもしれない。

「無残なものだ。下手人はわかりましたか」

内川が早苗に問いかけた。

早苗は小さく首を横に振った。内川は大きくため息を吐いてから、

「砂山《すなやま》たちに違いない」

と、断じた。

源太郎が、

「砂山たちとは」

「わたしの同僚である馬廻り役砂山虎之助《とらのすけ》でござる。砂山は仲間を募り、自分たちを鎮撫組《ちんぶぐみ》と称しております」

内川が答えると、

「ちんぶぐみ……」

京次が惚けた顔をしたため内川は鎮撫という文字を空に書いて見せた。

次いで、

「一揆勢相手に勇戦奮闘したと藩から感状を受けた者達でござる」

実際は榛名藩の軍勢は一揆勢に押しまくられていたのだが、藩は体面を保ったため戦功を挙げたと認めた者に感状を与えたのだという。与えられた者たちは一揆勢を鎮撫したと得意がっているのだとか。

「ふてえ連中だ」

京次が不快そうに舌打ちした。

「砂山らは、榛名一揆で名を上げた連中のことを忌《い》み嫌っております」

内川は言った。

「これで決まりですぜ」

京次は断じた。

源太郎は早速、榛名藩邸を訪ねようと思い立った。内川に向かって、

「畏れ入りますが、藩邸に同道くださりませんか」

「むろん、そのつもり」

快く内川弥太郎は引き受けてくれた。

五

内川の案内で榛名藩邸に向かおうとしたところで、自身番の腰高障子が乱暴に開かれ、風呂敷包みを背負った行商人風の男が血相を変えて飛び込んで来た。

「殺しですよ。お侍が殺されています」

両手をばたばたと動かし行商人は言った。ただ、動揺が甚《はなは》だしく話の要領を得ない。

京次が行商人の相手をし、侍がすぐ近くにある稲荷《いなり》の境内で斬られているということがわかった。境内の雑木林に蝮《まむし》が棲息していることから、この界隈では蝮稲荷と呼ばれているそうだ。

源太郎は内川に榛名藩邸訪問は後日になることを伝えると、京次と共に蝮稲荷へと向かった。

鳥居を入ってすぐ右手にある雑木林の中に倒れていた侍は羽織袴に身を包んだどこかの大名家の家臣と思われた。首筋を斬られ、辺り一面が血の海となっている。薄暗い雑木林は蝮が出ると評判ゆえ参拝する者も立ち入ることがなく、見つかるのが遅れたようだ。

「立て続けにお侍が斬られたっていうのが気になりますね。白石って浪人とは関係あるって決めつけられませんが」

「そうだな。偶然なのかどうか」

判断がつかないままに亡骸を検めた。

歳は三十前後だろうか、月代、髭はきれいに剃られている。

すると、

「宮田《みやた》……」

という声が聞こえ、振り返ると背後に内川が立っていた。

源太郎と目が合うと内川は、

「宮田寛治郎《かんじろう》、榛名藩の藩士です。先ほど申した砂山虎之助の仲間、つまり鎮撫組の一員ですな」

「へえ、繋がっていたんですか」

京次は驚きの声を上げた。

「下手人は何者だ」

白石主水は鎮撫組に斬られたと推察できる。とすると、鎮撫組の一人である宮田寛治郎は誰に殺されたのだろう。刀傷であることから侍の仕業に相違ない。考えられることは白石が宮田を斬ってから、白石が砂山虎之助たち鎮撫組に殺されたということだ。

それなら筋が通る。

京次が、

「おっと、宮田さまも背中に一太刀浴びせられていますぜ」

宮田は背後から襲われたのだ。

白石主水は相当な剣客である上に、圧政に喘ぐ領民を見捨てることのなかった義《ぎ》俠心《きょうしん》の持ち主だ。決めつけられないが、背中を斬るなどという卑劣な手段を使うとは思えない。

すると、宮田殺しは何者の仕業。

そもそも、白石殺しと宮田殺し、関連があるのだろうか。

あると考えるべきだ。白石と宮田は二町と離れていない場所で殺された。共に榛名藩、しかも、榛名一揆に深く関わっている。そして、背中を斬られるという卑劣な手段で斬殺されたことも共通点だ。

無関係ではないだろう。

「藩邸に引き取ります」

亡骸の引き取りをする内川について榛名藩邸に行くことにした。思いもかけない訪問となってしまった。

やはり、榛名一揆五人衆と榛名藩鎮撫組の争いということなのだろうか。

深い疑念を抱きながら、芝大名小路《しばだいみょうこうじ》にある榛名藩村上家上屋敷にやって来た。

源太郎と京次はしばらくの間、長屋門脇にある番小屋で待たされた。宮田寛治郎が殺され、藩邸に衝撃をもたらしている。藩士たちが動き回り、藩邸内がせわしない。

「大騒ぎですね」

京次は言ってから、不謹慎な言動であったと口を手で塞《ふさ》いだ。

源太郎は次第に苛立ってきた。藩士が殺されたのだから、早急な応対はできないとはわかっているが、それにしても、ここで待てと言われて一時《いっとき》も過ぎた。

しかし、ここは我慢である。

無用の騒ぎを起こしてはいい結果を招かない。危惧されるのは鎮撫組と五人衆の間で血みどろの抗争が起きることだ。江戸の市井に剣が乱舞しては迷惑どころではない。江戸の治安を守る町奉行所の沽券《こけん》に関わる。

源太郎の心配は京次にも伝わった。

「まったく、争うんなら、江戸の外、誰もいねえような無人の島でやってもらいたいですよ」

京次が声高に不満を並べたところで引き戸が開けられた。

慌てて京次が口をつぐむと、

「お待たせ致した」

内川弥太郎が言い、もう一人の侍を砂山虎之助だと紹介した。砂山は名前とは違って荒々しさはない細面の男だ。体格も小柄で一見してひ弱な感じがする。ところが、狐目《きつねめ》をしており、神経質そうに瞬《まばた》きを繰り返していた。

苛立っているようで眉間に青筋が立っている。

「砂山、落ち着け」

内川に言われ、砂山は小上がりの畳にどっかとあぐらをかいた。

源太郎が口を開く前に、

「草薙頼母の仕業に違いなしじゃ。そうであろう」

内川に詰め寄らんばかりの勢いで砂山は怒鳴った。

「まあ、待て。決めつけるのはよくない。宮田を誰が殺したのかは町方の蔵間殿の手助けを借りるとして、まず、白石のことだ。白石を斬ったのはそなたら鎮撫組ではないのか」

内川は源太郎に代わって気にかかることを確かめてくれた。

砂山はむっとした顔で、

「斬ってやりたかったさ。おうさ、斬るつもりであった。だがな、斬ったのは我らではない」

「まことか」

内川が念押しをする。

「武士に二言《にごん》はない。実はな、今日にも斬りに行く予定であったのだ。白石の所在がわかったからな。斬るつもりで我ら鎮撫組、企てをしておった。ところが、宮田寛治郎の姿がない。宮田は昨夜外出してから、藩邸に戻らなかったのだ」

砂山は言った。

「宮田を仲間に加えずとも白石を斬りに行かなかったのか」

内川の言葉には砂山への蔑《さげす》みが感じられる。五人でかからなければ白石一人を斬ることができないのかという蔑みだ。

それを感じ取った砂山が、

「なにも白石を恐れてのことではない。我ら五人は一味同心《いちみどうしん》なのだ。よって、榛名一揆五人衆を退治するに当たっては、五人がうち揃って行うことに決めたということだ。決して恐れておるのではない」

恐れてはいないと繰り返した。

源太郎が、

「白石殿は、複数の者に斬られておりました」

ここまで言ったところで、

「だから、我らの仕業ではない」

砂山は感情を抑えることができなくなっている。

「ならば、お聞きします。宮田殿を斬ったのはどなたか見当がおありですか」

「決まっておる。草薙たち五人衆であろう。いや、宮田が殺されていたのは神田明神近くの小さな稲荷であったな。ということは白石の仕業であろう。宮田は一太刀で斬られていたと聞く。白石の腕ならばそれもできよう」

「白石殿は宮田殿を斬ってから何者かに襲われたということですか」

「そういうことだ」

砂山は断じた。

筋は通っているが、白石ほどの遣い手ゆえ複数で襲ったというのもわかる。一介の浪人となった白石を複数で襲うというのはどのような者たちであろうか。白石の財布は奪われていなかった。金目的ではない。

やはり、考えられるのは鎮撫組である。

「この上は宮田の仇《あだ》を討たねば」

砂山が言うと内川が、

「宮田を斬ったと思っておる白石も斬られたではないか。仇討相手はおるまい」

内川が言った。

「そうはいかぬ。相手は五人衆、いや、一人減ったゆえ四人衆。我らも四人となったがな」

砂山は言った。

「おい、決めつけるな」

内川の忠告になど耳を貸す余裕もなく砂山はいきり立っている。

「まずは、蔵間殿の探索を待とうではないか」

内川は言った。

「お任せください」

源太郎が言うと、

「餅は餅屋ですよ」

京次が言葉を添えた。

「そなたら町方を信用せんではないが万が一、宮田を殺したのが白石や五人衆ではなかったとしても、我らは五人衆の息の根を止める所存である」

砂山は宣言した。

内川が苦い顔で、

「私闘で江戸市中を騒がせるのはやめておけ。民にも迷惑が及ぶ」

「私闘ではない。一揆はわが藩ばかりか御公儀のお手も煩《わずら》わせたのだ。いわば天下の大罪人だ。大罪人を征伐して何が悪い」

「しかし、江戸市中で騒ぎを起こすと御家のためにもならぬぞ」

内川が断固として反対すると、

「ならば、迷惑のかからぬ所で決着をつける」

砂山は言った。

源太郎が、

「どこですか」

「墨引《すみび》きの外、町方の差配の外で行う。どうだ」

砂山は思案の末、葛西《かさい》辺りならどうだと指定した。

「それならかまわぬであろう」

砂山は得意げだ。

「なるほど、葛西なら問題はないのう」

内川も賛同したが、

「ですが、葛西まで相手をどうやって来させるのですか」

源太郎が聞いた。

「果たし状を送る」

砂山は事もなげに言った。

「果たし状」

源太郎と京次は顔を見合わせた。

六

「四人のみなさんのお住まいを御存じなんですか」

源太郎が問いかけると、

「知らぬ。しかしな、草薙頼母の住まいはわかっておる。よって、草薙に果たし状を渡す」

「草薙殿は残る三人の方の所在を御存じなのですか」

源太郎が首を捻ると、

「三人には草薙より報せてもらえばよい」

随分身勝手な果たし状である。

「ならば、果たし状をしたためるゆえ蔵間殿、草薙に届けてくれ」

砂山が言った。

「はあ……」

思わず口をあんぐりとさせてしまう。

「そなた、町方ではないか。我らが江戸市中で騒ぎを起こすことを防ぐのが役目であろう。ならば、果たし状を持って行くのはそなたらが丁度よい。第三者ということにもなるからな」

砂山らしい身勝手な理屈ながら一理あるような気にもなってしまう。

「頼む」

砂山は言うと、文机に向かった。源太郎が承知する前から書をしたためている。内川がすまなさそうに、

「ひとまず、使いには行ってくれぬか」

と、頼んできた。

確かに草薙にも話を聞いておきたいところだ。草薙とても白石が殺されたとなったら心穏やかではいられないであろう。

「行くか」

源太郎は京次に言った。京次も砂山の態度には面白くなさそうだが、承知した。

砂山は書面をしたためた。中身を読むことは憚《はばか》られたが、草薙頼母殿という宛名と差出人の砂山虎之助の字は流麗であったのが意外な思いがした。

果たし状を受け取ると藩邸をあとにした。

草薙頼母は南茅場町の酒問屋星野屋に居候しているそうだ。書状そのものは軽微なものなのだが、果たし状ということで大きな責任感と重圧が押し寄せてくる。

京次にも源太郎の緊張が伝わり、二人の足取りは重い。

「とんだ役目を引き受けてしまいましたね」

京次が言う。

「成り行きとはいえ、思わぬことになってしまったもんだな」

源太郎はやれやれと、ついついため息を吐いてしまった。ともかく、二人の侍が斬られたのだ。大事件であるには違いない。二人の死の下手人が敵対する鎮撫組と五人衆なのかはわからないが、このままにしておけば砂山は江戸市中を憚らず刃傷沙汰を起こすだろう。

江戸の治安のためだという使命感と、草薙頼母に対する興味が湧いてきた。

南茅場町にやって来ると、京次が草薙の居候《いそうろう》先である酒問屋星野屋の所在を聞き込んできた。

源太郎と共に酒問屋の裏手にある離れ座敷を覗く。

障子が閉じられ、一人の年寄が草むしりをしていた。

京次が自分と源太郎の素性を告げ、草薙に繋いで欲しいと頼んだ。年寄は腰を屈めながら、

「先生、お客さまです」

と、離れ座敷に声をかけた。

「弟子入り志願なら、帰ってもらってくれ」

障子越しに声が返された。

「弟子入り志願のお方ではないですよ。北の御奉行所の同心さまですよ」

年寄が返すと、

「なんだと」

障子が開いた。

草薙は庭に下りてきた。

「拙者、北町の蔵間と申します」

源太郎が名乗ると草薙はおやっという顔になった。源太郎は榛名藩の砂山虎之助の使いでやって来たことを語る。

「砂山殿、はて、どなたですかな」

草薙が知らないというのは、一揆討伐軍に加わっていた全員を知るはずはないということで、おかしくはない。

源太郎はかいつまんで宮田寛治郎と白石主水が殺されたこと、砂山は宮田を殺したのは榛名一揆五人衆の仕業と決めつけ、かねてより五人衆を成敗しようと考えていることから、草薙に果たし状を渡すよう依頼されたことを話した。

白石の死を聞いた時こそ草薙は表情を変えたが、じきに落ち着きを取り戻し、

「それはお手数おかけしたが、わたしはその鎮撫組と戦う気などござらん。それに、他の方々とは連絡も取っておりません。よって、果たし状といわれてもどうしようもござらんな」

「そうですか」

やはり、砂山の勝手な思い込みではないか。草薙は五人衆を今以《も》って束ねてなどいないに違いない。

これを聞けば砂山はどうするであろう。それでも成敗すると息巻くに違いない。つくづく厄介な男と知り合ったものである。ため息を吐《つ》きそうになった。

「ですから、この果たし状、受け取ることはできませぬな」

草薙にすれば当然の答えだろうが、源太郎としては気が重くなってしまった。

「白石殿のことは御存じですな」

「むろん存じております」

草薙は白石が実に立派な武士であったと言い添えた。

「一揆のあと、江戸に出て来られてからお会いになったことはございませぬか」

「ありませぬ。どこで何をしておられるのかも存ぜぬ」

「まことですか」

思わず問い返してしまった。

「わたしは、一揆のあと、兵学を捨てようと思ったのです。ですから、一揆の関係者及び弟子入り志願者には会わないようにしております」

「何故ですか」

「一揆で地獄を観ましたのでな」

草薙は言った。

「しかし、砂山殿たちは草薙先生のことを目の敵《かたき》にしておりますぞ。先生の方が関わりを避けようとしておられても、向こうから仕掛けてくるかもしれませぬ。その場合、知らぬ、存ぜぬでは通用しませんぞ」

源太郎は言った。

「その時も、わたしから手を出すつもりはございませぬ」

「命を奪われてもよいと申されるのですか」

「ま、そんな心境ですな。もっとも、わたくしとてこの世に未練というか命は惜しい。よって、斬られたくはない」

「どうするのですか」

「謝ります」

「謝るとは」

源太郎が首を傾げる。

「相手に謝ります」

「許してくれるような相手ではございませぬぞ」

「ならば、逃げます」

どこまでが本気なのだろうか。兵学者の詭弁《きべん》というものか。

「ご冗談を言っている場合ではござらぬ」

「わたしは大真面目ですぞ」

草薙は言った。

「逃げるのですか」

「卑怯と思われるか」

「まあ」

「ですが、逃げるが一番。誰も死なずにすむというものです」

けろっと草薙は答えた。

その時、離れ座敷の障子が開き一人の侍が出て来た。

「蔵間さま」

侍を見上げた京次が口を半開きにした。

第二章　消えた軍師

一

源之助は庭に下り立った。

呆気に取られている源太郎と京次に向かって、

「話は聞いた」

と、告げた。

「父上、どうしてこちらに」

呆然として立ち尽くしたまま、源太郎が問いかけてきた。

「草薙殿と碁を打っておったのだ」

呑気《のんき》な口調で答える。

「碁……」

源太郎と京次は顔を見合わせた。

「そうだ。草薙殿とは碁を通じて親しくしておるのだ」

「どこで草薙殿と知り合われたのですか。まさか、碁会所ですか」

源太郎がまさか碁会所でと言葉を添えたのは、源之助が碁会所で打てるだけの腕ではないという揶揄《やゆ》が込められている。

むっとした源之助に代わって草薙が答えた。

「日本橋近くで、危ういところを蔵間殿に助けていただいたのです」

と、先夜の襲撃のことを語った。敢えて襲撃者が三浦藩だとは明かしていない。

「草薙殿のお命を奪わんとしたのは、榛名藩砂山虎之助殿ら、鎮撫組ではないのですか」

源太郎が問いかけると、

「違いますな」

きっぱりと首を横に振って草薙は否定した。源太郎は問いを続ける。

「どうして、鎮撫組ではないとわかるのですか」

「砂山殿のことは存ぜぬが、鎮撫組の者ではなかった。もし、鎮撫組であるのなら、そう名乗ったはず。わたしや白石殿らは読売が榛名一揆五人衆などと書き立て、思いもかけぬことに勇者扱いです。鎮撫組はそのことが不満で我らを成敗しようとしておるのでしょう。ならば、鎮撫組と名乗った上でわたしの命を奪おうとしたはずです」

理路整然とした草薙の答えに、

「そういえば、砂山殿は草薙殿襲撃について何もお話しにはならなかった」

榛名藩邸での砂山とのやり取りを思い出し、源太郎も砂山たちではないと認めた。

「するってえと、草薙先生を襲ったのは何者でしょうね」

改めて京次が疑問を投げかけた。

「わかりませぬが、目下《もっか》、わたしはこうして生きております。よって、わたしから下手人《げしゅにん》を探そうとは思いませぬ」

草薙が襲撃者を三浦藩と明かさないのは、三浦藩を庇うというよりは、三浦藩との間に悶着を起こしたくはないからだと源之助は思った。ここは、草薙の気持ちを汲み取るべきだ。源太郎が三浦藩と聞けば、江戸の治安を守る町奉行所としては三浦藩に対して、草薙頼母襲撃を問い質《ただ》すことになる。事態は幕閣の知るところとなり、悪くすれば評定所で吟味に及ぶかもしれない。

幸い傷一つ負わなかった草薙は、事を荒立てたくないのだろう。

「しかし、それでは、草薙殿のお命が」

危ぶむ源太郎をよそに、草薙は源之助に向いた。

「ならば、蔵間殿、碁の続きをしましょう。今日こそは一矢《いっし》報いますぞ」

飄々《ひょうひょう》とした様子は危機意識など微塵もなかった。

「あの、あっしら、どうすればいいですかね」

途方に暮れたように京次が言った。

果たし状を持ってきたが、草薙が五人衆とはまったく連絡を取っておらず、どこに所在するかも知らないと言う以上、果たし状を渡すこともできない。

源之助が、

「持って帰るのだな」

「しかし、子供の使いではござりません」

源太郎が抗《あらが》うと、

「かりに果たし状を草薙殿が受け取られても白石殿を除くお三方の所在をご存じない以上、どうすることもできぬではないか。帰って、砂山殿に事情を話すのだ」

源之助に諭され、源太郎も引き下がった。京次も困り顔であるが、草薙が受け取らない以上どうしようもなく、源太郎と顔を見合わせて二人は立ち去った。

草薙と共に離れ座敷に戻り、碁を再開した。

源太郎には果たし状を持って帰らせたが、どうしても鎮撫組のことが気にかかる。三浦藩に加えて榛名藩も草薙を狙っているとわかり、碁に集中できない。すると、

「蔵間殿、やはり気にかかりますか」

草薙が言った。

「八丁堀同心の性分《しょうぶん》でしょうかな。殺しと聞くと落ち着きませぬ」

兵学も一揆のことも忘れ去りたい草薙は、碁に安らぎを求めているというのに無粋《ぶすい》であったと悔いた。

「謝《あやま》ることはございません。無理からぬことですな」

「このままでは、付け狙われるでしょう」

「そうですな」

碁盤に視線を落とし、草薙はまるで他人事《ひとごと》のようだ。

さすがに心配になってきた。

自分を気遣う源之助に悪いと思ったのか草薙は、

「砂山らの狙いはわかっております」

思いもかけない言葉を発した。

砂山たちは鎮撫組と称し、榛名一揆の勇者を藩の面目にかけて成敗しようというのではないか。それを今更、狙いはわかっているとはどういうことだ。

「砂山殿たちの狙いとは、草薙殿や榛名一揆の勇者方のお命ではないのですか」

「それもありましょう。ですが、それだけではありませぬ。一揆の和議は御公儀の裁許によってなされたのですから、今更、我らを退治しては、御公儀への反逆と見なされかねません」

草薙の言う通りである。

「すると、砂山殿の真の狙いとは」

「財宝でしょうな」

さらりと草薙は言ってのけたが、財宝とはいかにも不穏だ。

「財宝とは」

「榛名藩の隠し財宝でござる」

またしても予想外の話だ。対局どころではない。居住まいを正して源之助は、

「仔細をお話しくだされ」

「内密にしていただけますな」

「むろんのことです」

強い口調で確約した源之助を信用したのだろう。草薙は、ではと前置きをし、

「正確に申しますと榛名藩が秘匿した財宝、それは表沙汰にはできない金《かね》や財宝、抜け荷品もあります」

草薙は言った。

「なんと」

啞然とする源之助に、

「榛名藩は一揆勢が立て籠《こも》った砦に財宝を秘匿しておったのです」

「草薙殿らは榛名藩の隠し財宝をいかにされたのですか」

「一切、手をつけておりません」

「しかし、砂山殿らが財宝を狙っているということは、榛名藩も財宝を回収していないということですな」

「そのようです。我らが持ち去ったと思っているのでしょう」

「百姓たちが持ち去ったということはありませんか」

「ありません。百姓たちは隠し財宝の存在すら知らなかったでしょう」

草薙が言うには、財宝は砦《とりで》の中の本丸曲輪《くるわ》にある枯れ井戸に隠されていたそうだ。

そのことを知るのは、草薙と殺された白石の他は、読売が榛名一揆五人衆と称える残り三人だけであった。

「三人はいずれも榛名藩の郡方の役人でありました」

武藤《むとう》省吾《しょうご》、飯尾《いいお》純一郎《じゅんいちろう》、笹野《ささの》平蔵《へいぞう》の三人で、三人は死んだ白石主水同様、榛名藩の圧政に苦しむ百姓たちを憐み、一揆勢に加わったのだった。

「みな、人品高潔な方々です。隠し財宝がありながら過酷な年貢取立てを行う藩のやり方を憤慨しこそすれ、懐に入れようなどと考える者などおりませんでした」

砦を明け渡したあと、草薙は財宝が枯れ井戸にあることを確かめた上で立ち去ったという。

「断じて、我らは財宝を持ち出してはおりませぬ」

「ならば、榛名藩の誰かがくすねたということでしょう」

「おそらくは……」

「では草薙殿、砂山殿らに対し、身の潔白を申し立てればよいのではございませんか」

源之助が言うと、

「申したところで砂山殿らは信じてはくれぬでしょう」

「ならば、わたしが同道致します」

源之助の申し出に、

「いや、蔵間殿に同道いただこうが、納得する相手ではござらん。お気持ちだけ受け取っておきましょう」

草薙らしい丁寧な物言いで断りを入れてきた。

「しかし、このままでは濡れ衣を着せられたまま命を狙われますぞ」

隠し財宝と聞き、益々草薙の身が案じられる。

「命がなくなったらそれまでの定めにございます」

平然と草薙は答えた。

見栄《みえ》を張っているようには見えない。かといって僧侶のような達観の境地に達したようでもない。穏やかな笑みをたたえた草薙は、春風のような安らぎを感じさせる。

「それにしましても、草薙殿は高名故に所在が知られているというのは、いかにも不用心ですな。他の方々は所在を隠しておられるのでしょう」

「仕方ありませぬな」

あまりの余裕ぶりに、これは軍師らしい策が秘められているのではと勘繰った。

「ひょっとして、砂山殿らの目を草薙殿が引き付けておられるのですか」

源之助が問うと、

「それもなきにしもあらずですな」

やはり草薙は自分を囮《おとり》にしているようだ。

「危ない」

いかにも危険だ。松平定信からの依頼というよりも、この男を守らねばという使命感に駆られた。

「どこかへ移りましょう」

「その必要はござらん」

きっぱりと首を横に振った。

案外と草薙は頑固な一面があるようだ。

「どうあってもですな」

念押しすると、

「武士に二言はござらん」

頑固さを草薙は崩そうとはしなかった。

「ならば、致し方ありますすまい」

無理強《じ》いはできないと源之助は諦めた。

二

源太郎と京次は途方に暮れながら榛名藩邸に戻った。

砂山に、果たし状を草薙が受け取らなかったことを報告した。案の定、

「餓鬼《がき》の使いではないか。それでも町方の同心か。その方らを頼ったおれが馬鹿だった。八丁堀同心は優秀な者ばかりと耳にしていたが、聞き違いだったな。それとも、その方のみが無能なのか」

言葉を極めて源太郎をなじる。京次がむっとしても、

「役立たずめが」

躊躇《ためら》うことなく砂山は容赦のない悪口を浴びせてきた。さすがに、内川が間に入り、

「砂山、その辺にしておけ。蔵間殿は依頼を受けてくださったのだ。本来なら断ってもよい依頼をな」

内川の言葉でようやくのこと砂山は矛《ほこ》を納めた。

「言い過ぎた。だがな、その方とて悪《あ》し様に言われたままでは八丁堀同心の名がすた

ろう。一つ頼まれてくれ。三人の者の所在を探ってはくれぬか」

砂山は下手《したて》に出て礼金を弾むと言ったが、

「失礼ながらお断り申します」

これ以上、砂山の頼みを聞くのは真っ平だ。それに、白石殺し、宮田殺しの下手人を挙げねばならない。

「どうあってもか」

「いかにも」

源太郎は力強く言うと、藩邸をあとにした。

すっかり夜更けとなった。


夜、源太郎は八丁堀の組屋敷に戻った。

妻の美津が出迎え、先輩同心牧村新之助《まきむらしんのすけ》が来ていると告げた。四半時《しはんとき》ほど前から源太郎の帰りを待っているという。明日、奉行所で会うというのに、よほど急な用事なのであろうか。

いぶかしみながら居間に向かう。美津は遠慮して座を外した。

「夜分すまぬな」

「何がありました」

「緒方《おがた》殿なのだがな」

緒方殿とは筆頭同心緒方小五郎《こごろう》のことである。永年例繰方《れいくりかた》に勤務した後、源之助の後任として筆頭同心の地位にある。事務畑の役目一筋であったためか几帳面《きちょうめん》で温厚、当初は町廻りや捕物といった現場の役目に戸惑っていたが根が真面目ゆえ、同心たちの報告を丹念に聞き、細心の目配り、気配りを怠らず立派に筆頭同心の役目を担《にな》っている。

このところ、病欠が続いているため源太郎も心配していたところだ。

「相当にお悪いようだ。ここだけの話、隠居なさることを希望しておられる」

「それほどにお悪いのですか」

源太郎の問いかけに新之助はうなずくと表情を引き締め、

「それで、緒方殿は、後任の筆頭同心には蔵間殿に戻っていただけないかと希望されておられるのだ」

「父に……」

源太郎は口を半開きにした。

「わたしもそれが一番だと思う」

新之助が言い添えると、

「しかし、父は承知するでしょうか」

「それゆえ、そなたから蔵間殿に話して欲しいのだ」

新之助は言った。

「わたしがですか……」

源太郎が躊躇《ためら》いを示すと、

「どうした、話し辛いか。それとも、親子で同じ職場ではやり辛いか」

新之助が気遣いを示した。

「父は今の職場に満足しております」

「閑職と申しては失礼ながら、両御組姓名掛は居眠り番と揶揄《やゆ》される部署、かつての鬼同心蔵間源之助には似つかわしくない職場だ」

「ですが、もう、かれこれ数年が経っております。今更、定町廻りを監督し、時に捕物出役《しゅつやく》の指揮を執ることなどできましょうか」

「蔵間殿、同心としての腕は一向に衰えていないどころか、影御用によって一層の磨《みが》きがかかっておるではないか。筆頭同心に戻れば、以前にも増して真価を発揮されるものと思う」

断言するように新之助は語調を強めた。

「それはそうかもしれませんが……。どうでしょうか」

一方、源太郎は奥歯に物が挟まったような物言いになってしまう。

「蔵間殿なら間違いない」

もう一度新之助は強く繰り返したが、

「仮に父が承知しましても、筆頭同心は御奉行や与力方がお決めになるのでございましょう」

「それはそうだが、緒方殿が後任を指名すれば考慮される。蔵間源之助の筆頭同心復帰に異を唱える方々など北町にはおらぬ」

息子としてはそれほどまでに父親を讃《たた》えられると、うれしさというよりは気恥ずかしくなる。

「頼む」

新之助は頭を下げた。

今日は頼まれ事が多いものだ。

「わかりました。父には話してみます」

承知すると新之助は安堵《あんど》したのか、軽くため息を吐いた。

源之助に筆頭同心に復帰してもらう話は置いて、源太郎は白石主水と宮田寛治郎の殺しから榛名藩一揆騒動に絡む一連の出来事を報告し始めた。榛名藩砂山虎之助から果たし状を託されて草薙頼母を訪ねると源之助がいたことを語ったところで、

「なるほど、事件あるところに蔵間源之助ありだな」

楽しげな物言いをしたが不謹慎だと思ったのか、新之助は表情を引き締めた。

「しかし、厄介な騒動です。砦は開放され、一揆は鎮圧されたのですから、それで一件落着かと思われていたのに、騒動は長引いています。これでは、騒動が江戸に移ってきたようなものです」

「草薙頼母、今孔明と大変に評判を取っているだけあって、命を狙われても泰然自《たいぜんじ》若《じゃく》としておるのか。軍略に長《た》けているだけではなく、相当に胆《きも》が据《す》わっているのかもしれぬな」

感心したように新之助は何度もうなずいた。

「たしかに、少しも取り乱したところがありませんでした」

「草薙の危ういところを助けた縁で知り合われたとは、いかにも蔵間殿らしいが、それにしてもずいぶんと親しくなっておられるものだ。単に碁が好き同士ということだけではないような気がする」

新之助に言われてみて、改めて源太郎も不思議な気になった。

「ひょっとして影御用ではないのか」

新之助は声を潜《ひそ》めた。

「そうかもしれません。草薙殿に関わる影御用とはいかなるものでしょう」

「草薙殿の警護とか」

「誰が依頼したのでしょう」

「わからん。しかし、蔵間殿のことだ。邪《よこしま》な御用でないことは間違いない。そして、影御用の依頼主も立派なご仁であろう」

「わたしもそう思います」

源太郎は誇らしい気分になった。

「ならば、そなたは二人の侍殺しの下手人《げしゅにん》探索に尽くせ」

「承知しました」

源太郎は胸を張った。

「夜分、邪魔をしたな。では、蔵間殿に筆頭同心復帰の件、頼んでみてくれよ」

新之助は念押しして出て行った。

美津が玄関で見送ってから戻って来た。

黙っていても顔つきで新之助の用件を聞きたがっていることがわかる。隠し立てすることでもないと、病気を理由に緒方が隠居願いを出すことを言い、後任に源之助を推挙していることを語った。

「で、おれに父へ打診して欲しいということだ」

源太郎の言葉を受け、

「お父上さまはお断りになると思います」

いかにも美津らしいきっぱりとした物言いだ。

「どうしてだ」

「蔵間源之助は誇り高き八丁堀同心です。一旦、追いやられた職場に戻ることを潔《いさぎよ》しとはしないでしょう。その上、今のお立場を楽しんでおられると思いますよ。御奉行所のしがらみに囚われない事件の探索にやり甲斐を感じていらっしゃるのではないでしょうか。それは、難しかったり、危うかったりするでしょうが、お父上さまはかえって闘志を燃やすお方ですから」

「そう思うか。おれもそんな気がするのだ」

「では、このまま話さずにおかれますか」

「いや、牧村さんに頼まれ、承知したからには話さないわけにはいかないさ」

源太郎は腰を上げた。

食事を終えた源之助は、居間で妻の久恵《ひさえ》が淹《い》れた茶を飲んでいた。

草薙頼母のことが頭を離れない。榛名藩の隠し財宝と聞けば尚のこと、気になって仕方がない。隠し財宝など大抵は眉唾物《まゆつばもの》ばかりだが、草薙の口から聞いたせいか信憑性が感じられる。

湯呑を口に当てたままぼんやりとしていたせいで、

「いかがなされました」

久恵も気にかかったようだ。

「いや、なんでもない」

取り繕うように答えたところで玄関の引き戸が開けられた。挨拶の声は源太郎である。久恵がどうしたのでしょうといぶかしんでいると、源太郎が入って来た。

源太郎は夜更けの訪問を詫びてから、源之助の前に正座した。

「砂山殿に果たし状を返したのだな」

源太郎と砂山の間で揉め事が起きたのではないかと源之助は思った。源太郎は果たし状を砂山に返したことを報告し、今後は白石、宮田という二人の殺しの下手人探索に専念すると、砂山に宣言してきたことを語った。

「それでよい」

一安心だ。

「それはよいのですが、牧村さんから緒方殿の病《やまい》が思いの外に重く、近々のうちに隠居されるおつもりだと耳にしました」

「それほどにお悪いのか」

源之助は緒方小五郎の温厚で実直な姿を思い浮かべた。責任感が強い緒方は筆頭同心の重責を担《にな》えなくなったことを恥じ、潔《いさぎよ》く身を引こうと決めたに違いない。

「それで、牧村さんに、ご自分の後任には父上の復帰を願っておられると希望を述べられたそうです」

源之助の気持ちを斟酌《しんしゃく》してか、源太郎は上目遣いとなった。

「わたしを……」

源之助は横目にちらっと久恵を見た。久恵は何も言わずにいる。夫の仕事に口を出さないことがあたり前になっているのだ。

「父上、いかがでございましょう」

源太郎は遠慮がちに訊いてきた。

「緒方殿がわたしを見込んでくださるのは光栄なことだが、わたしは今のままがよい」

わずかに久恵の顔に喜びの表情が浮かんだように見えた。

「やはりそうですか」

源太郎も納得の様子だ。

何故、自分が断ると思っていたのか気にかかる。

「やはりとは」

「美津とも話したのです。父上は戻ることを潔しとせずと」

「わたしは意地を張っておるわけではない。今の部署、居眠り番でこそ、八丁堀同心の醍醐味《だいごみ》を味わっていられるのだ」

本音であった。

源太郎は言った。

「わたしも美津も、父上がそのように考えておられると思っておりました」

こいつ、見ていないようでわたしのことを気にかけているのだ。うれしさと息子に己を見透かされた悔しさが入り混じり、妙な心持ちとなった。

久恵がほくそ笑んだのも少しばかり腹が立つ。

三

あくる七日の朝、源之助が星野屋の離れ座敷に顔を出すと草薙の姿がない。さては外出をしているのか、離れ座敷で待つかどうか迷っていると、下男の留吉と目が合った。無口で貧相な容貌だが、働き者であるこの男を見るとほっとした安堵に包まれる。

「草薙殿、お出かけのようだな」

源之助が声をかけると留吉は頬被《ほおかむ》りしていた手拭《てぬぐい》を取って首を縦に振った。あばたも気にならなくなった。親しみが増した上に、老齢になっても怠けることのない留吉に好感を抱いているからだ。

「そなた、いくつだ」

気さくな口調で訊くと、

「六十三でごぜえます」

「ほう、そうか。還暦過ぎても達者で庭仕事ができるとは大したものだ」

「他にすることもごぜえませんので」

照れたように留吉は頭を掻いた。

「ところで、草薙殿、どこへ行かれた」

「何も申されませんでしたんでな」

いつ帰るかもわからないそうだ。

どうしようかと迷ったが、

「離れ座敷でお待ち致す」

源之助は言うと、離れ座敷に上がった。碁盤がある。何をするでもなく、碁盤に黒石と白石を置いた。詰め碁をやろうとするが一人ではつまらないし、草薙のことが頭から離れない。それゆえ、碁に集中することはできなかった。

障子を開けて庭を眺めていると留吉が草むしりを再開していた。黙々と作業を続ける様子は、素朴な老人そのものであった。

待つことしばし、半時《はんとき》も過ぎた頃に見かけた男がやって来た。

弟子入り志願に来た三浦藩郡方の役人袴田左衛門である。袴田は今日こそ弟子入りすると意気込んでやって来たようだが、鼻の右脇にある黒子《ほくろ》が相変わらずおかしさを誘い、本人には悪いが意気込みが伝わってこない。

袴田は源之助のことを覚えていて、折り目正しく挨拶をしてから、

「草薙先生、御在宅でしょうか」

と、問うてきた。

草薙は留守であることを教え、自分も待っているのだと言い添えた。

「草薙先生を待たれるとは蔵間殿も弟子入り志願ですか」

冗談を言っているのかと思ったが、本人は大真面目である。

「いや、わたしは兵学には興味ございません。碁ですよ。草薙殿と碁を打つようになりましてな、度々《たびたび》ここを訪れております」

「碁ですか」

拍子抜けしたように袴田は呟くとがっくりとうなだれた。さすがに気の毒になり、

「何度訪れても脈はないと思いますぞ」

変に期待を持たせない方がいい。

「諦めません」

自分に言い聞かせるように袴田は繰り返した。

こうまでして諦めないというのはどういうことだろうと源之助はいぶかしんだ。ひょっとして隠し財宝を狙っているのではないか。素朴な田舎侍としか見えないが、腹の中には恐るべき野望を秘めているのではないか。

ところが半泣きの顔と微妙に震える黒子を見ていると、思い過ごしだと思えてきた。

そんな源之助の胸の内を知ってか知らずか袴田は、

「領民のためにも」

と、呟いた。

その思いつめた様子は只事《ただごと》ではないことを物語っている。

「ならば、一旦帰ります」

袴田は踵《きびす》を返そうとした。

それを、

「待たれよ」

源之助は袴田を引き止めた。

「はあ」

袴田の声は沈んでいる。

「しばし、一緒に待ちませぬか」

源之助の誘いに袴田は乗り、離れ座敷に上がると正座をした。両手を膝の上に揃え背筋をぴんと伸ばしている。

「膝を崩してはいかがですか」

自分の家ではないのにそう勧めるほど、袴田の態度は堅苦しかった。草薙のことを尊敬し、頼みとしている表れであろう。

それにしても、袴田が漏らした領民のためにもという言葉が引っかかる。

「先ほど耳にした言葉、つまり領民のためにも、と申されたが、あれはいかなる意味ですか」

源之助は問いかけた。

はっとしたように、

「わたしは草薙先生から兵学を学び、藩の領民のために役立てたいと思った次第です」

袴田は早口で答えた。

ふと松平定信が言っていた泰平の世の兵学という言葉が思い出される。袴田も泰平の世に役立つ兵学を学びたいと考えているのだろうか。

「それはいかなる兵学ですか」

源之助が問いかけると、

「それは……」

袴田は言葉を詰まらせてしまった。

不穏なものを感じる。

いかにも悩まし気に、

「領民たちは苦しんでおります」

袴田は腹から絞り出すように言った。

苦悩に満ちた表情は、袴田が切羽詰《せっぱつま》っていることを物語っている。

嫌な予感がした。

「まさか、一揆を扇動しようと思っておられるのか」

袴田が取り乱すことのないよう、源之助は静かに問いかけた。

「いえ、決してそのようなことは」

袴田は苦し気な息を吐いた。

「もし、一揆を考えておられるのなら、やめておかれよ。草薙殿とて再び一揆のために己が兵学を使うことを快くは思われぬ」

源之助は言った。

「しかし、先生なれば領民たちの苦境を知れば放ってはおかれぬはずです。何も先生に軍略を立ててもらうわけではござらん。わたしが先生から軍略を授かり、わたしが実践致します」

必死で袴田は訴える。

「しかし、草薙殿が弟子を取らないということは、その気はござりませんぞ」

源之助の言葉に、

「領民どもの窮状を御存じないからです」

「本気で一揆をお考えなら、わたしは八丁堀同心として見過ごすわけにはまいりませぬ。草薙殿を巻き添えにもできませぬ。お帰りになられた方がいいと存じます」

源之助は言った。

「いや」

躊躇う袴田に、

「帰られよ」

源之助は強い口調で言葉を重ねた。袴田は唇を噛んでから、

「まさか、わたしのことを三浦藩に訴えますか」

「そのようなことはしませぬ。今、聞いたことはこの場だけのこととしておく所存。武士に二言はなし」

言葉に力を込め源之助は断じた。

「まことでございますな」

袴田は言って、離れ座敷から外に出た。

それにしても、草薙はどこへ行ったのだろうか。荷物はそのままになっているから、この離れ座敷から出て行ったわけではあるまい。下男留吉にも行く先を告げて行かなかったということは、そう遠くに出かけたのではないだろう。江戸市中でなんらかの用向きができたのだ。

律儀な男ゆえ、自分が碁を打ちに来ると知っていながら留吉に伝言を残さなかったということは、用事はすぐに済ませるつもりだったのではないか。

それを考えると胸騒ぎを覚えた。

すでに昼八つ半だ。

庭に下りたち留吉に、

「何か変わった様子はなかったか」

留吉は首を捻りながら、

「いやあ、特にはありませんでしただ。普段通りでごぜえましたよ」

のんびりとした口調があまりにも穏やかで、それを見た限りは安心してしまうほどだ。

「わかった。ならば、これで失礼する」

源之助は言った。

「お疲れさまでごぜえます」

留吉は頭を下げた。

帰りがけ、日本橋長谷川町にある履物問屋杵屋に立ち寄った。暮れなずむ庭を見ながら縁側で善右衛門と向かい合う。二人の間にはもちろん碁盤があった。

世間話もそこそこに碁を打ち始めた。

「近頃は蔵間さま、めっきりと腕を上げられましたな」

善右衛門が言う。世辞でも悪い気はしない。幸いなことに草薙は、思ったほど碁が強くはなく、勝ち癖がついたことがいいのかもしれない。布石に迷いがなくなっているのだ。自信まではないが、伸び伸びと打つことができる。

今も余裕を持って碁盤を眺めることができた。対局は優勢のうちに進み、心地よく勝利をもたらすことができた。

「いやあ、参りました」

「もう一番いきますか」

上機嫌に源之助が言うと、

「今日はやめておきます。次回からは、いくつか石を置かせてください。どうも、腕に差がついてしまいました」

参りましたと善右衛門は繰り返した。

心地よく茶を飲んでいると善太郎《ぜんたろう》がやって来た。頰を紅潮させ、両目をむいている。

源之助がいることに気づき、

「大変ですよ」

と、訴えかけた。

「落ち着きなさい、みっともない」

善右衛門に言われても耳に入らないのか、善太郎は突っ立ったままだ。

「どうした」

源之助が問いかけると、

「殺しです。なん人もお侍が斬られたんです」

善太郎の声が上ずっていた。

「侍……」

一瞬にして源之助の気持ちが引き締まり、八丁堀同心の気持ちとなった。

四

前日六日の夜四つ半（午後十一時）、蝮稲荷に三人の侍が集まっていた。月代《さかやき》が伸びていることから浪人たちとわかる。

三人の一人が、

「草薙殿、遅いのう」

と、夜空を見上げた。

月が朧《おぼろ》に浮かび、星が瞬《また》いている。肌寒い夜風が雑木林を揺らし、葉擦《づ》れの音が静寂を際立たせた。

「約束の刻限から半時《はんとき》も過ぎておる。きっちりしたお方だけにどうされたのであろう」

二人のうちの一人が受け、残りの一人が、

「白石が殺されただけに心配だな」

と、言ったところで鳥居に人影が動いた。三人の視線を集め、一人の侍が入って来る。月光を浴びた侍は羽織、袴に身を包んでいる。間近までやって来たところで鼻の右脇には大きな黒子があるのが見えた。

　三浦藩郡方の役人袴田左衛門は、

「武藤殿、よくぞ集めてくださいましたな」

「袴田殿、草薙殿は未だか」

　武藤に問い返され、

「もう、間もなく参られます」

　袴田は静かに答えた。

　三人は榛名一揆で一揆側に立って征討軍と戦い、読売で勇者と持ち上げられ、草薙や殺された白石と共に榛名一揆五人衆と称されている武藤省吾、飯尾純一郎、笹野平蔵である。

　三人を代表する形で武藤が、

「貴殿、三浦藩の方ということだが、草薙殿とはどのような繋がりがあるのだ」

「弟子にしていただきました」

　うれしそうに袴田は答えた。

「草薙殿が我らに集まれとは、榛名藩の鎮撫組への対策を講じるということですな」

「その通りです。白石殿殺害は鎮撫組の仕業と先生は考えておられます」

「我らとて異存はない。草薙殿はいかに考えておられる。鎮撫組と対決するおつもりか」

「みなさんと共に戦うおつもりです。及ばずながら、わたしも三浦藩の同志と共に助《すけ》太刀《だち》致す所存」

袴田は語調鋭く言い放った。

「三浦藩の方々が我らに助勢くださるか。それは心強い。ですが、貴殿らが我らに肩入れしてくださるわけは」

武藤は飯尾と笹野を見た。飯尾と笹野も戸惑いの表情となっている。

「我ら、榛名一揆討伐の軍勢に加わっておりましたが、困窮する領民のために立ち上がった貴殿らに心の内では共感しておったのです」

堂々たる口調で袴田が答えると、武藤たちは笑みを浮かべながら首肯《しゅこう》した。

そこへ、ばたばたとした足音と共に十人ほどの侍が走り込んで来た。袴田が三浦藩の藩士たちだと紹介した。

「かたじけない」

武藤が頭を下げると飯尾と笹野も一礼した。

三浦藩の藩士たちも挨拶を返す。

草薙を心待ちするように背伸びをした袴田が、

「草薙先生、いらしたようですぞ」

と、鳥居の方へ歩いて行った。

武藤たちも続いた。

藩士たちは武藤たちの背後に回る。

が、やおら袴田は立ち止まるや武藤たちを振り返り、

「やっちまいな」

野太くてどすの利いた声を発した。月光に浮かぶ顔は田舎侍の雰囲気が消え去り、獣《けもの》のような形相と化していた。

素朴さを象徴する鼻の右脇にある黒子がなくなっていることが袴田の凶暴さをむき出しにし、仮面を脱ぎ去って素顔を晒《さら》したかのようだ。

違和感を抱いた武藤たちは固まってしまった。

と、次の瞬間、藩士たちが抜刀し三人に斬りつけた。武藤たちは刀を抜く間もなく背中を斬られ、振り向いたところに更なる斬撃を加えられた。

なんら抵抗することもできず、武藤、飯尾、笹野は骸《むくろ》と成り果てた。地べたにはどす黒い血が流れ鉄錆のような臭いが立ち込めた。

「たまらねえ臭いだ。一杯やりたくなるぜ」

血の臭いを楽しむかのように袴田はくんくんと鼻を蠢《うごめ》かした。ひと際大きく息を吸い込んだところで、

「妙吉《みょうきち》、念のためだ。止《とど》めを刺しな」

「へい」

妙吉と呼ばれた男は大刀の切っ先で三人の首筋を貫いた。三人とも微動だにしなかった。

「親分、うまくいきましたね」

妙吉は袴田に微笑みかけた。

「まだだ。もう、そろそろ榛名藩の連中が来る手はずだ。おまえら、藪《やぶ》の中に隠れていな」

蝮が棲息しているといわれている雑木林に向かって袴田は顎をしゃくった。妙吉は肩をすくめた。

夜九つを告げる鐘の音が夜空に響いた。

「さっさと行け、蝮にびびってどうするんだ。おれたちは黒蛇一味だぜ」

袴田こと黒蛇の丹三に叱責され、渋々妙吉たちは雑木林に潜《ひそ》んだ。

「来やがったか」

　右手に握っていた付け黒子を丹三は鼻の右脇に貼り、鳥居の下に立った。三人の侍が丹三の前に立った。

「夜分、ご足労をおかけしました」

　素朴な田舎侍袴田左衛門に戻った丹三が三人に声をかけた。

「我ら鎮撫組、時と場所に関わりなく賊徒どもを成敗致す」

　一人が答えた。

「佐藤《さとう》殿、頼もしきお言葉ですな」

　丹三がうなずく。

　三人は榛名藩鎮撫組、佐藤宗輔《そうすけ》、中村兵五郎《なかむらへいごろう》、矢野重次郎《やのじゅうじろう》である。丹三は三人を見回し、

「砂山殿はいかがされた」

「砂山は誘いませんでした。あいつ、手柄を独り占めするつもりですからな。あいつを出し抜いてやります」

　佐藤の言葉に中村と矢野も首肯した。

「まこと、草薙たちはやって来るのですな」

佐藤の問いかけに、

「間違いございません。草薙らは仲間の白石を鎮撫組に殺されたと思っております。わたしがこの稲荷で鎮撫組と決着をつける段取りをしたことに感謝しておりました」

「袴田殿、かたじけない。よくぞ、草薙の懐《ふところ》に飛び込んで段取りをつけてくださった」

「わたしは三浦藩の藩士、榛名砦で貴殿らと共に戦ったのです。いわば、同志でございますぞ」

丹三は満面に笑みを広げた。

佐藤たちもうなずき返したところで中村が鼻を動かした。

問いかけておいてから佐藤も大きく息を吸い込み、

「どうした」

「血だ。血の臭いがする」

武藤たちが流した血の臭いを夜風が運んできた。

「境内の中だな」

不穏なものを感じたのか佐藤は表情を引き締め、中村と矢野を促して境内の中に入って行った。

丹三はにんまりとして続く。

「こ、これは……」

血溜まりの中に突っ伏す三体の亡骸を見下ろし佐藤は絶句した。

「榛名一揆五人衆のうちの三人ですよ」

袴田は佐藤たちをねめつけた。

「ど、どうして三人が殺されているのだ。誰の仕業だ。まさか、袴田殿が……」

佐藤の声は上ずり、中村と矢野の顔面は蒼白となった。

「感謝してもらいてえな。あんたらの手間を省いてやったんだ」

丹三は黒子を取り去った。

「貴様、何者」

佐藤が強い疑念を抱いたところで丹三は口笛を吹いた。雑木林から妙吉たちが飛び出し、一斉に三人に襲いかかった。

三人は武藤たちと同様、惨《むご》たらしく斬殺された。

六人を殺してから丹三は言った。

「残るは砂山と草薙だな。砂山は所在がわかっているからいつでも呼び出してやれるが、草薙の野郎、姿をくらましやがった」

　妙吉が、

「あっしらで見つけますよ。武藤の住まいも見つけたんですから、わけありませんや」

「町方も追うだろうよ。町方より先に見つけるんだ。草薙に町方の同心が近づいていやがるぜ」

「どんな野郎ですか」

「てめえらが草薙を襲った時にお節介にも助けに来やがった野郎だよ」

「ああ、あの時の……。あいつ、すげえ腕が立ちましたぜ」

　妙吉は肩をすくめた。

「あの野郎の始末はおれに任せな。野郎、おれの素性を知らねえ。三浦藩の田舎侍だと信じてやがるからな。背中をばっさりやってやるさ」

「さすがは親分だ」

　妙吉が誉めそやすと、

「世辞はいらねえ。それより、おめえら見つかるな。いいか、八州廻り、町方、火付盗賊改がおれたちを血眼《ちまなこ》になって追ってやがるんだ。おれが呼び出すまでは例の所で大人しくしてな」

丹三は釘を刺した。

五

京次が言った。

「こいつはむげえや」

源太郎も息を呑んだ。横には新之助の姿もある。神田の蝮稲荷、榛名藩鎮撫組の宮田寛治郎が殺された稲荷社の境内で六人の男が死んでいた。六人はみな侍で、身形《みなり》からして三人は浪人である。お互いが刀を抜き合って刃傷沙汰に及んだ結果と思われた。

稲荷には内川と砂山がやって来た。砂山は驚きと怒りで身を焦がしながら亡骸《なきがら》に見入った。内川が源太郎に六人のうち、三人が榛名藩の侍、砂山率いる鎮撫組の者だと証言した。佐藤宗輔、中村兵五郎、矢野重次郎だそうだ。

「では、三人の浪人者は榛名一揆五人衆でしょうか」

源太郎が聞くと、

「いかにも」

榛名一揆の際、内川弥太郎は五人衆と何度か交渉の場を持ったそうだ。砦に乗り込み、五人衆と和議に向けて話し合いを重ねたことから、三人を武藤省吾、飯尾純一郎、笹野平蔵だと証言した。

「草薙頼母はおりませんな」

源太郎の言葉に、

「確かにおりませぬ」

内川も首肯した。

「もちろん、草薙の顔はご存じですね」

「榛名砦で和議交渉の場に出ておりましたからな」

「草薙は無事ということですな」

源太郎は呟きながら亡骸を検《あらた》める。新之助が、

「斬り合った末に、両者痛み分けのような様子であるが……」

言葉尻がしぼみ、まだ結論づけられない様子だ。

砂山は何度も舌打ちをした。

「しかし、どうして六人はここで斬り合ったのでしょうね。偶々《たまたま》、遭遇したとは思えません」

源太郎の疑問には新之助が答えた。

「これではないか」

殺された鎮撫組の一人、佐藤宗輔の着物から血濡れた書付を取り出した。

そこには、今日の夜九つに神田の蝮稲荷にて決着をつけようという内容が記され、榛名一揆五人衆よりとあった。

佐藤は他の二人、中村と矢野に声をかけ蝮稲荷にやって来たのだった。

「おのれ、わしに黙って、こいつら」

砂山は悔し気に呻《うめ》いた。

「砂山殿は御存じなかったのですね」

「わしはそなたに草薙への果たし状を渡した。ところが、草薙は果たし状を受け取らなかった。ところが、草薙を除く三人は佐藤に果たし状を送った、まったく、わけがわからん」

砂山は首を捻り続ける。

「妙だな」

新之助も疑問を呈した。

源太郎と京次が新之助に向く。新之助は黙っている。そこへ医者がやって来た。医者による検死が始まる。

新之助は源太郎と京次を呼び、脇で、

「亡骸、妙だ」

「と、おっしゃいますと」

京次が尋ねる。

「六人はみな背中を斬られている。それに喉笛を刺されているな」

新之助が疑問を投げかけると、

「六人に止《とど》めを刺した者がいるということですか」

源太郎が答えた。

「斬り合っての死ではないということだな」

新之助がうなずいたところで、白石主水の妹早苗がやって来た。源太郎が念のために、榛名五人衆の素性を確かめようと呼んで来たのだ。早苗は無残な骸と成り果てた三人の亡骸を内川と同じく、榛名一揆五人衆のうちの武藤省吾、飯尾純一郎、笹野平蔵だと断じた。三人とも元は榛名藩郡方の役人であったが、領民たちの窮状を見かねて一揆側に加わっていたのだという証言も内川の言葉を裏付けるものだった。

これで、鎮撫組と榛名一揆五人衆の生き残りは砂山虎之介と草薙頼母の二人になった。

「このことを兄は心配しておりました」

早苗は言った。

「白石殿は争いが起きると予想しておられたのですね」

「はい。一揆はまだ終わったわけではない。無用な血がこれからも江戸で流れるのだと」

早苗の顔は暗く淀んだ。

「白石殿の予感が当たってしまったということですな」

源太郎も暗くなった。

残るは砂山と草薙、二人の争いを残すのみとなったのだろうか。二人のいずれかが死んで閉幕ということになるのかもしれない。

医者が新之助を呼んだ。

早苗のもとに内川と砂山がやって来た。早苗を見て砂山が詰め寄ろうとした。それを内川が引き止めた。

「早苗殿、いや、白石殿が申されたように血みどろの争いとなってしまった」

内川の言葉に早苗はうなずく。

砂山が、

「申しておくが、白石殿を斬ったのは我ら鎮撫組ではない」

早苗は黙っている。今更誰が斬ろうが兄が戻るわけではないと思っているのであろうか。

すると、新之助が戻って来た。

「この果たし合い、大いに妙でござる」

内川と砂山は目をむき、口を閉ざした。早苗はじっと唇を引き結んでいる。新之助が口を開いた。

「六人とも背中を斬られ、止《とど》めを刺されております」

新之助の言葉に、

「まことでござるか」

驚きの顔つきで内川が問いかける。

「おのれ、草薙」

砂山は草薙の仕業に違いないと断じた。

なるほど草薙かもしれないと源太郎は思った。草薙は果たし状を受け取らなかったが、砂山たち鎮撫組が榛名一揆五人衆を成敗したがっていることを知った。そこで、五人衆の一人に鎮撫組への果たし状を出させた。鎮撫組を呼び出して武藤たち三人と果たし合いを行わせた。

しかし、榛名一揆五人衆である武藤たちも殺す必要はない。第一、五人衆とは連絡を取っていないし、所在も知らないと草薙は言っていたではないか。

その言葉が嘘だったとしても、過酷な一揆を共に戦った同志を殺すとは思えない。

「草薙、断じて許さぬ」

息巻く砂山に、

「草薙の仕業と決まったわけではない」

と、内川が宥《なだ》める。

「また、内川殿お得意の慎重さですか。そのために、一揆に侮《あなど》られた上に草薙にも侮られたのですぞ」

無遠慮な砂山の言葉に内川は腹を立てることもなく、

「無用な血を流すなと申しておるのだ」

「草薙は当家とは関わりなき者、しかも、当家の人間の命を奪ったのですぞ」

砂山の怒りは怒髪《どはつ》天を突くばかりの勢いである。

「落ち着け」

内川の言葉を無視するかのように砂山は早苗に向き、

「白石主水も草薙によって殺されたのではないのか」

「まさか、そのようなことはないと存じます」

砂山の強い眼差しを受け止めながら早苗は否定した。

源太郎が、

「白石殿は複数の侍によって斬られたのですよ。一人の仕業ではござらん」

すると砂山はにんまりと笑い、

「町方の同心にしては血の巡りが悪いものだな」

いかにも不遜な言葉に京次が我慢ならんとばかりに一歩前に出た。それを源太郎が制して、

「武藤殿や飯尾殿、笹野殿に斬らせたと言いたいのですか」

「ようやくわかったのか」

砂山は冷笑を浮かべた。

「しかし、何故、白石殿を殺す必要があるのです。白石殿ばかりではない。同志も殺す必要などはござらんぞ」

源太郎が異論を唱えた。

「草薙は榛名一揆で名声を得た。近頃では五人衆などと読売が騒いでおることにつけ

上がり、一揆の功を己が一人で独り占めにしたくなったのであろう」

自信満々に砂山は己が考えを述べ立てた。

あまりに思い込みの激しい考えに、

「そんな馬鹿な」

源太郎は吐き捨てた。

「馬鹿なものか」

砂山らしい独善的な物言いになっている。

「どうも、砂山殿の見方というのは一方的な気がします」

腹に据えかね源太郎はむきになった。

「なにを、貴様こそ動きが鈍すぎるのだ。草薙に使いを出した時に草薙の本性を見抜いておれば、このような惨事など起きてはおらぬ」

「それは言い過ぎだ」

内川が砂山を戒めた。

「言い過ぎとは思わぬが、ともかく、草薙を捕らえよ」

砂山は言った。

「むろん、話は聞くつもり」

源太郎は顔を真っ赤にした。

「町方がもたもたしておったら、わしが草薙を斬る」

砂山は言った。

すると新之助が、

「勝手なことは許しませんぞ」

毅然と言った。

「ふん、町方風情《ふぜい》が。江戸市中で騒ぎを起こさせないと息巻いておきながら、次々と起きた刃傷沙汰を防げはしないではないか。口ほどにもない者たちよ」

砂山は哄笑《こうしょう》を放った。

内川が宥め、三人の身柄を藩邸に引き取った。

六

「悔しいですね」

自身番で京次が言った。

「これまで、様々に横柄《おうへい》な者と出会ってきたが、あの砂山虎之助ほど嫌な男も珍しい」

新之助までが業《ごう》を煮やして言った。

「傲慢を絵に描いたような男でございます。ああいう男ほど、実は気弱なもの。己の弱さを隠すために強がっているのではないでしょうか」

源太郎が言う。

「違いありませんぜ」

京次が手を打った。

「砂山がどんな男であろうと、草薙のことはしっかりと調べねばなるまい」

新之助が言ったところで、

「京次、草薙殿を呼んできてくれ」

源太郎が言うと、京次は合点だと駈け出して行った。

早苗に向かって、

「少し、話を聞きたいのですが」

源太郎が断りを入れた。

「はい、なんなりと」

早苗は未だ兄殺しの下手人が挙がらず、不満に思っているに違いない。白石、及び宮田を殺した下手人と今回の六人を殺した下手人は同じかどうかは断定できないが、同一人物の仕業と考えるのが順当だ。

となると、浮上するのは、砂山には悔しいが草薙頼母である。

早苗はどう思っているのだろう。

「早苗殿、白石殿は草薙殿と、江戸に来てから会ったことはございますか」

「二度、兄に草薙先生からの文が届けられました」

「一度めはいつ頃のことでございますか」

「一月《ひとつき》ほど前のことでございます」

「どんな用向きであったのでしょう」

「それはわかりませんが、兄は文を読んで悩ましい顔をしました。その翌日でした。兄は出かけてくると言い残して出て行きました。どこへ行くとも告げずに行ったのです。兄は必ず出かけるに際しましてはどこに行くと言い残して出かけたのですが」

それがどことも言わず出かけた。

帰ってからも白石は心ここにあらずといった風であったそうだ。

「二度めはいつですか」

「殺された五日前のことでした」

その時も白石は不安そうな顔をしたという。

すると、白石にとって草薙との連絡はいいものではないようだ。

「草薙殿について白石殿はどのような評価をなさっておられましたか」

「兄は尊敬しておりました」

早苗の物言いは急に奥歯に物が挟まったようなものになった。

源太郎が仔細を話してくれと促す。

「一揆が終わった直後は、それはもう草薙先生のお陰で一揆勢は藩や御公儀の討伐軍に屈することはなかったと、その軍略を絶賛しておりました。ところが」

早苗の顔が曇った。

「ところが、どうなさった」

「文が届いてからです。兄は草薙先生のことをあまり口にはしなくなりました」

「批判的になったのですか」

「批判めいたことは言いませんでしたが、わたくしが草薙先生の評判を書き立てた読売を見せても手に取ろうともしなかったのです」

草薙との間に何かあったと考えるべきだ。

草薙頼母、優れた兵学者であるが謎めいた生涯である。

一体、何者であろうか。

やはり、草薙が下手人なのであろうか。しかし、実際に会い、言葉を交わした草薙はまこと誠実無比の人柄であった。とてものこと人を陥れたりはできないように見えた。しかしながら兵学者というのは敵を欺く軍略を教える者たちである。

やはり、平時の顔と戦時の顔が違うように、草薙にも表と裏の顔があるということだろうか。

そうだ、父源之助なら草薙の本性を見抜いているかもしれない。碁は人の本性が出るそうだ。源之助はさほど碁は強くはないが、それでも大好きだ。好きこそ物の上《じょう》手《ず》なれで、相手の碁によってその人柄を思うことはあろう。

早苗が帰ってからも、源太郎は草薙の人物像に思いを馳せた。

京次は草薙の家を覗いた。

留吉が、

「先生はお留守ですよ」

間の抜けた声で言った。

どこへ出かけたのかも何時《なんどき》に戻るのかも知らないという。

「蔵間さまは」

「蔵間さまもお待ちになっておられましたが、待ちくたびれて帰ってしまわれました」

留吉は言った。

主人がどこへ出かけたのかも知らないで平気でいられるとは、まったく役立たずの男としか思えない。

しかし、どうすることもできない。

そこへ、

「歌舞伎の親分」

と、声をかけられた。

振り向くと杵屋の息子善太郎である。

「どうしたのだ」

京次が問いかけると、

「蔵間さまがよくこちらで碁を打っていらっしゃいますんでね、茶菓子でもと思って」

善太郎は竹の皮に包まれた人形焼きを持参していた。

「それがな、この離れ座敷の主人も蔵間さまもおられんのだ」

「おやあ、そうでしたか」

善太郎は言ってから、京次の様子がいつもと違うと加えた。

「何か大きな事件が起きたんですか」

「おまえ、勘働きがよくなったじゃないか」

京次は言ってから、神田の蝮稲荷で起きた凄惨な刃傷沙汰について語った。見る見る善太郎の顔が蒼ざめ、

「そ、そりゃ、大事件じゃござんせんか」

まさしく仰天をした。

「それでな、死んだ侍はみな榛名藩所縁《ゆかり》の方々ばかり。しかも、先頃の榛名一揆に深く関わる方々ばかりだったんだ。で、これは草薙って兵学者の先生も深く関わっていなさるに違いないってことになってな、ここにやって来て、神田の自身番まで来ていただこうって思ったんだ」

京次は早口で説明した。

「そういうことですか。そいつはご苦労さまです」

善太郎は六人もの侍の刃傷沙汰にすっかり浮足立ってしまった。

「源太郎さまが担当なさるんですね」

「源太郎さまもそうだが、これくらいの大事件となると、北の町奉行所を挙げての探索となるんじゃないか。榛名藩だって黙ってはいられないはずだ」

「そうですよね」

善太郎は興奮で顔を火照《ほて》らせながらうなずいた。

京次は神田の自身番に戻り、草薙がいなかったことを報告した。

源太郎が、

「やはり、草薙の仕業で決まりでしょうか」

新之助も、

「ともかく、草薙が今回の一件の鍵を握っていることは間違いなかろうな」

確信を深めた。

草薙の行方を追わなければならない。

「ところで、やはり、今回も事件あるところに蔵間源之助あり、ということになったな」

新之助はおかしそうに言った。それから源太郎は思い出したように、

「やはり、父は筆頭同心への復帰は望んでいないそうです」

「そうか、そうだろうな」

新之助も納得したようにうなずいた。

「なら、早速、草薙先生を探しましょうか」

京次が言った。

「高名な兵学者だ。じきに見つかるだろう」

源太郎が言うと、

「わからぬぞ。なんだか、嫌な予感がする。草薙頼母、優れた兵学者であることは間違いあるまい。となると、これも策の上のことなのかもしれないぞ」

新之助は油断するなと言葉を強めた。

「わかりました」

京次が神妙にうなずく。

「しかし、武者震いがしますね。なんだか、この泰平の江戸で兵学者相手に戦っているようで」

源太郎は口に出してから不謹慎だと詫びた。

「いや、これは戦いに違いない。今回に限らず事件の探索は同心と下手人の戦いなのだ」

新之助は言った。

「違いねえや」

京次も身を引き締めるように言った。明日にはこの刃傷沙汰は江戸中に知れ渡るだろう。


源之助は自身番に顔を出した。

「蔵間殿」

新之助が驚きを持って迎えた。源太郎と京次は軽く頭を下げた。

「殺しが起きたそうだな」

善太郎から聞いたと源之助は言った。

源太郎が六人の死の状況を語った。

「なんと、陰惨な」

源之助はうめいた。

草薙頼母の身が案じられてならない。

第三章　黒蛇の宝

一

八日、源之助は南茅場町から神田の蝮稲荷へ、行ったり来たりを繰り返した。とにかく何かをしなければいられない。焦っても手がかりが摑めないとはわかりきったことだが、動き回らずにはいられなかった。

しかし、殺しの手がかりも草薙の行方も摑めないまま、九日を迎えた。

朝方、南茅場町の草薙の居候先酒問屋星野屋に至ったところで数人の侍に囲まれた。

榛名藩の者たちであろうか。それとも草薙を襲撃した三浦藩の者か。

「貴殿ら、わたしに用向きがあるのですかな。それとも、草薙頼母殿に用事があるのですか」

表情を引き締めると、いかつい顔が際立った。一瞬真ん中の男が言い淀んだ後、気《け》圧《お》されまいと思ってか、

「同道せよ」

高飛車《たかびしゃ》な物言いで告げてきた。わけも言わない居丈高《いたけだか》な態度に不快感を露《あら》わにし、口をへの字に引き結んだ。

すると相手は、

「白河楽翁さまからの命《めい》である」

ようやくのことで説明を加えた。

白河楽翁こと松平定信、今回の影御用の依頼主である。

となると逆らうわけにはいかない。

連れて行かれたのは下屋敷近くにある築地の法華宗《ほっけしゅう》の寺院であった。それほど広くはない寺域の庫裏で定信は待っていた。

枯山水《かれさんすい》の庭に面した書院で対面をした。定信は市中で行われた榛名藩鎮撫組と榛名

一揆五人衆の刃傷沙汰を知っていた。併せて草薙頼母が行方知れずとなっていることも摑んでいた。

「役目をしくじりました」

まずは詫びた。

草薙が行方不明になったことは、身辺を探ることを命じられた役目では大変な落ち度である。

「今回の一揆騒動、やはり裏があるようじゃのう」

定信は言った。

草薙が言っていた隠し財宝のことが思い出される。

「草薙殿から聞きました。榛名藩は砦に財宝を隠していたと。和議が整い、一揆勢が砦を去るときは財宝はそのままだったそうですが、榛名藩の鎮撫組は草薙殿ら榛名一揆五人衆が持ち去ったと考えて草薙殿らを探しておるとのことでした」

定信の表情は変わらない。どうやら、既に知っているのだろう。

「御存じでしたか」

「存じておった。しかし、そなたが草薙から聞いたのとは多少の違いがある」

「と、おっしゃいますと」

「榛名藩の財宝にあらず」

鋭い声音で定信は断じた。

「では、一体誰の物でございますか」

「盗品である」

「盗品……。盗まれた代物《しろもの》ですか」

あたり前のことを問い返してしまった。

実際、あたり前のことを聞くなとでもいうように、わずかながら定信は顔を歪めて話を続けた。

「関八州で盗みを繰り返していた盗人一味、黒蛇の丹三一味が隠していたのだ」

「黒蛇の丹三」

南町一の暴れん坊、矢作兵庫助が火付盗賊改方、八州廻りと共に行方を追っている凶悪な盗人一味だ。

江戸市中に潜んでいると疑われてもいた。

丹三一味は中山道高崎宿の博徒だった。榛名砦は五里か六里といった距離にある。奪い取ったお宝の秘匿場所として丹三が目をつけていたとしてもおかしくはない。

「奴らが榛名砦に財宝を隠していたのですか」

「隠しているうちに、一揆が起きた」

定信は八州廻りが捕らえた丹三一味の手下から、砦に隠したことを確かめた。ところが、丹三一味も思いもかけないことに一揆が起き、一揆勢が砦に立て籠るという事態になってしまったのである。

丹三たちは戸惑いながらも、せっかく盗んだお宝をこのままでは回収できなくなってしまうと危ぶみ、一揆勢に紛れて砦に入ったようだが、それからの丹三の行方と財宝の行方はわからない。

それにしても、どうして草薙は丹三の盗品を榛名藩の隠し財宝だと言ったのだろう。本当に榛名藩の物だと思っていたのか。それとも、源之助を欺いたのか。

「草薙殿は丹三と接触したのでしょうか」

「したかもしれぬ」

「ということは、草薙殿が丹三一味の盗品を持ち去ったのかもしれないということですか」

「可能性がなくはないが、そなたも存じておるように、草薙頼母という男に黒いものは感じられない。わしの目からは、草薙が盗人の上前《うわまえ》を撥《は》ねるような男ではないと判断したのだが、そなたはどうだ」

定信は練達の八丁堀同心である源之助の目を頼りたいのだと言った。

「わたしの目から見ましても、草薙殿には邪《よこしま》なところは感じられません」

「仔細を申せ」

定信の目が鋭く凝《こ》らされる。

「日頃の言動、わたしに対するばかりか下男に対する気遣い、決して横柄ではなく、かといって媚びているわけでもなく、嫌味のない実に自然な応対ぶりは育ちの良さを窺《うかが》わせます。その上、わたしは下手《へた》の横好きで碁を打つのですが、碁の手筋も実に伸びやかでございます。すれたところがなく、打っていて楽しゅうございました」

思ったままを口に出すと、定信は二度、三度うなずいた。

「やはり、そうか。わしの評価と一致しておる。ということは、やはり、草薙頼母が盗人一味の財宝を持ち去ったのではあるまい。しかし、砦を守っていた中心人物五人のうち、四人は命を落とした。残るは草薙のみとなったのは事実じゃ」

一つ一つ起きたことを確認するように定信は続けた。草薙と丹三、そして盗品も行方知れずである。

これだけ見れば、草薙が盗品を持ち去ったと疑ってしまう。

しかし、草薙の人柄がそれを信じさせない。

逡巡の末に、源之助の脳裏に閃《ひらめ》く。

「草薙頼母、榛名領に向かったのではございませぬか」

根拠もなく源之助が考えを口に出すと、

「そのことを考え、榛名領には隠密を向かわせたところじゃ」

さすが、定信に抜かりはない。

財宝は榛名領に隠してあり、草薙の人柄を思えば、領民のために使おうと出向いたのではないか。

想像の域を出ないが、そんな気がしてならない。

「榛名領に参りましょうか」

闘志をかきたてた。返事をしようとしたところで、家来に呼ばれ定信は廊下に出た。

ぼそぼそとしたやり取りが聞こえてくるが、よく聞き取れない。

待っていると定信が戻って来た。

「榛名藩の砂山虎之助が殺されたそうだ」

さらりと言ってのけたが、聞き捨てにはできない。

「砂山殿までが」

さすがに考え込んでしまう。今回の一件は人が死に過ぎる。

「砂山殿は隠し財宝、丹三の盗品を狙っておったようです」

「下手人《げしゅにん》は盗品を独り占めにするつもりなのだろう」

「ということは、黒蛇の丹三とその一味が下手人なのではございませぬか」

源之助の考えに、

「わしも同じ考えだ」

定信も賛意を表した。

それにしても、今回の影御用、随分と成り行きが変わったものである。当初は草薙頼母という類《たぐい》まれな兵学者の身辺の見張りであった。それが、榛名一揆を巡る殺しが発生し、揚句《あげく》に黒蛇の丹三という盗人の盗品を巡る争奪戦という様相になってきた。大勢の人間の血が流れ、殺伐《さつばつ》とした争いは領民のために起こした一揆が引き金となったようでなんとも皮肉なものだ。

「わしは草薙に泰平の世の兵学を打ち立てさせようとの思いであったが、泰平どころか、血と欲にまみれた実に醜《みにく》い争いが起きてしまった」

まるで自分のせいであるかのように、定信は悔しげだ。

「白河さまの思いは尊いものであったと思います。泰平の世の兵学が打ち立てられれば、民は戦《いくさ》とは無縁な暮らしを送ることができます。今回の争いはそれとは別、欲に駆られた者たちの争いに過ぎません」

「草薙までが殺されてはならぬ。丹三の所在もわからん。さて、どうすれば丹三を炙《あぶ》り出すことができるか」

「八州廻りからは、手がかりは挙がっていないのですか」

「丹三のことはわからぬ。盗人一味には鉄の掟があるそうじゃ。捕まえた手下も口を割ろうとはせぬ。そして、丹三の所在は常に不定、一定の住み家は作らぬという用心深さじゃ。ただ、住まいは移っても盗品の隠し場所は榛名砦であった」

「しかし、どのような盗人であれ、自分たちが稼いだ宝をそのままにはしたくないもの。必ずや奪い返すことに執念を燃やすでしょう」

源之助は言った。

「まさしく、練達の八丁堀同心ならではの言葉であるな。いや、頼もしく思うぞ」

定信の顔が柔らかになった。

「では、わたしは早速、丹三一味を追います」

どこへ行けばいいか正直見当もつかないが、言わずにはいられなかった。

そうだ、矢作を訪ねてみるか。矢作なら何か手がかりを得ているかもしれない。丹三捕縛の役目を邪魔するものではないと説明しなければならないが。

それにしても、思いもかけず黒蛇の丹三一味捕縛という同じ御用を担《にな》うことになった。担うことになったきっかけはまったく異なるが、矢作とは奇妙な因縁だ。

「頼もしい限りだが、いくらそなたが練達の八丁堀同心であっても盗人一味の探索は難しかろう。盗人一味は既に町方や火付盗賊改方、八州廻りが追っておるゆえ、任せておけばよい。そなたは、草薙を追ってくれ」

なるほど、定信の言う通りである。

矢作の領分を侵すことはなくなった。

「承知しました」

我ながら、落ち着きを欠いた言葉を言ってしまったことを悔いた。

「ならば、吉報を」

定信に言われ、源之助は退出した。

二

源太郎と新之助は町奉行永田備後守正道から草薙頼母の行方を探すよう厳命された。

こんな時に筆頭同心の緒方は何をしておるのだという批難の言葉が、永田の焦りを誘っていた。

その矢先のことである。

源太郎と新之助を訪ねて、榛名藩の内川弥太郎から火急の知らせが届いたのである。

藩邸に来て欲しいというのだ。容易ならざる事態が予想される中、二人は急いで榛名藩邸に駆け付けた。

裏門から藩邸の中に招き入れられ、内川弥太郎に出迎えられた。

「ご足労をおかけ致す」

内川は軽く一礼してから、こちらへと導いた。

御殿裏手の玉砂利に筵《むしろ》が敷いてあった。

被せられた筵が人の形に盛り上がっているのを見ると亡骸《なきがら》のようだ。とすれば砂山虎之助であろう。

満開を過ぎた桜の花弁が春風に舞い落ちてくるが、源太郎も新之助も少しも風情を感じない。二人の前には寒々とした冬ざれの光景が広がるばかりだ。

月代《さかやき》に付着した花弁を取り払うこともなく、

「砂山でござる」

内川は盛り上がった筵に視線を落とした。

筵にも薄紅の落花が点々と見られるのが物悲しい。

源太郎と新之助は手を合わせた。実に嫌な男であったが、死ねば仏である。

跪《ひざまず》いた内川がそっと筵を捲《めく》り上げた。

砂山は首や心臓を刺されていた。背中に一太刀浴びせられているのは、これまでと同様に卑怯なやり口である。相手の卑劣さに怒りを滾《たぎ》らせたかのように断末魔の形相を浮かべ、砂山は落命していた。

「草薙殿の仕業《しわざ》ですか」

源太郎が問いかける。

「おそらくは」

内川は言った。

はっきりとはしないが、草薙以外に下手人の見当はつかないということだろう。

「砂山殿はいつ殺されたのですか」

「昨晩のことであったろうと思われます」

内川は言った。

「砂山殿の昨晩の行動をお聞かせください」

源太郎の問いかけにうなずくと、

「草薙から文が届いたのです」

内川が答えた。

砂山は昨晩、草薙から文が届いたと言い残して出かけた。

内川は止めたという。しかし、砂山は聞かなかった。どうしても行くというのなら、内川も一緒に行くと申し出た。

「砂山は承知したが、わたしが支度をしている間に勝手に出かけてしまったのだ」

悔いるように内川は歯噛《はが》みした。

新之助が、

「草薙殿は剣の腕も立ったのですか」

「抜群であった」

内川は言った。

草薙頼母という男、軍略に長《た》けているばかりか、剣術、鑓術《そうじゅつ》の腕もなかなかだそうだ。まさしく、戦国の世に生まれていたのなら、一国はともかく一城の主にはなれただろうということだ。

「草薙頼母、恐るべし」

内川が繰り返す。

「我らが目下《もっか》、必死にあとを追っておりますので、必ず捕らえてみせます」

源太郎は意気込みを示したが、

「どうも、草薙頼母という男がわからない」

内川が首を捻ると、新之助も同調するかのように、

「源太郎や蔵間殿から耳にした草薙頼母は、穏やかで人好きのする若者という印象だ。悪行《あくぎょう》とは無縁、そして武芸とも無縁だ。それが、鎮撫組五人もの人間を殺すものだろうか。鎮撫組ばかりではない。草薙を除く榛名一揆五人衆も草薙の仕業とすると九人の命を奪ったことになる」

「人は見かけによらないということでしょう」

源太郎が答えると、

「そうかもしれぬが、草薙頼母と卑劣な殺しは大いなる違和感がある」

新之助は納得できないようだ。

内川が、

「平時とは違う顔を示すのではござらぬか。平時にあっては穏やか、ところが一揆の戦い、戦国の世さながらの合戦、まさしく地獄のような日々にあっては草薙とて鬼と化した。今、鎮撫組の連中を相手にして、榛名一揆の時さながらの鬼の一面が出てき

たのではなかろうか」

「わたしもそう思います」

源太郎は内川に賛同したが、

「そうであろうかな」

新之助は納得できないようだ。

源太郎が、

「ともかく草薙を捕らえなければなりません。草薙が一連の殺しの下手人かどうかはわかりませぬが、大きな鍵を握っていることは確かでしょう」

「むろん、当家も面目にかけて草薙を追います」

内川の口調は熱を帯びた。

源太郎と新之助、内川で今後の協議に入った。

北町奉行所は、寺社奉行の協力を得て、江戸市中の寺社にも探索の手を伸ばし、江戸市中には各町の自身番に人相書きを配る。

「榛名領内には既に、当家が網の目を張り巡らしております」

内川の言葉を受け、

「ともかく、これで、逃れられぬだろう。いかに、優れた兵学者、名軍師であろうが」

新之助は言った。

「必ず草薙頼母を捕まえましょうぞ」

榛名藩の面目にかけても逃すわけにはいかないと、内川も決意を示した。

榛名藩邸を出てから、

「ともかく、草薙は動きだした」

新之助の言葉に、

「動けば、手がかりを残すと存じます」

応じるように源太郎も答えた。

「蔵間殿はいかがされておるだろうな」

不意に新之助は源之助に思いを馳せた。筆頭同心として指揮を執ってもらいたいように源太郎の目には映った。

父を頼りたくはないが、源之助が草薙と繋がりを持ったからには協力を求めるべきだ。親子の私情を超えた八丁堀同心同士の助け合いは、事件落着を促進する。

源太郎は速足で歩きだした。

その日の昼過ぎ、源之助は居眠り番に出仕した。源太郎と新之助の動きが気になったのである。

案の定二人が訪ねてきた。

源太郎は砂山が草薙の呼び出しを受けて出かけ、斬られた経緯を報告した。

「ついに鎮撫組は壊滅しました。この結果を見る限り、榛名一揆五人衆の勝ちということになります」

源太郎が言うと、

「なるほどな」

源之助はうなずいてから腕を組んだ。

「いかに思われますか」

新之助が草薙頼母に対する疑問を口に出した。卑劣極まる殺しと草薙の人物像とがあまりにかけ離れているという疑問だ。

「わたしにはどうしても解せないのです。蔵間殿は草薙頼母という男をいかに思われますか」

「わたしが接した草薙頼母は温和で、誠実にして実に伸びやかな男であった。そう、春風のような安らぎを覚える……。まこと、黒いものを感じさせない男であった」

思ったままを源之助は口に出した。

「そうでありましょう。ですからわたしは今回の殺しに草薙は関係していないのではないかと思っているのです」

新之助は言った。

「しかし、状況は草薙の仕業に間違いないことを示しております」

即座に源太郎が異論を唱えた。

「それはわかるが……」

新之助は納得ができないようだ。

「では草薙を追うことに反対なのですか」

源太郎はむきになった。

「そんなことはないが」

新之助は判断に迷っているようだ。

二人の間で嫌な空気が流れたところで、

「実は今回の殺しにつき、隠された事実が浮かび上がった」

源之助は松平定信のことは伏せて、黒蛇の丹三一味の盗品が榛名砦に隠されていたことを語った。

「なんと」

源太郎は驚きを示したが、新之助は冷静に受け止めた。

源太郎が、

「では、草薙は丹三の盗品を持ち去っており、砂山たちも丹三の盗品を狙っていたということですか」

「丹三の盗品を草薙殿が持ち去ったのかどうかはかわからない。しかし、砂山たちは草薙たち榛名一揆五人衆が盗品を奪い去っていったと思っていたのだろう」

源之助の考えに、

「ならば、鎮撫組が榛名一揆五人衆を成敗しようと始めた騒動は、まるで別の顔を示すことになりますね」

新之助は頭の中を整理するようにゆっくりと言葉を継いだ。

「ところが、わたしは草薙と盗品ということが結びつかない。人は見かけによらないが、草薙には悪党の素地はないと思う」

草薙は無実だという持論を源之助が繰り返すと、

「わたしも同じ思いです」

新之助は賛同した。

源太郎はどう判断していいのかわからないようだ。

新之助が、

「黒蛇の丹三一味を追う必要もあるということですね」

「そういうことになる」

源之助が応じた。

「なんだか、事態の展開が予想外のことばかりで戸惑ってしまいます」

源太郎は弱音を吐いた。

「しっかりしろ」

新之助に叱咤され、源太郎は大きく目を見開いた。

三

源太郎と新之助は草薙の行方を捜しに行った。

さてどうしようかと源之助は思案をし直す。

今回の影御用、落ち着いて考えてみるまでもなく、しくじりである。そもそも定信から命じられた影御用は草薙の身辺に目を配るということだった。それが、どういう事情かはわからないが、草薙は行方が知れなくなってしまった。

そこへ思いもかけない黒蛇の丹三などという盗人一味の盗品騒ぎである。

まったく、源太郎ではないが、頭がついてゆけない。

歳を食ったか。

つい弱気になったが、いやいやと強く首を横に振る。

「まだまだだ」

生涯八丁堀同心を続けるつもりである。

そこへ、

「失礼します」

引き戸が開いた。

視線を向けると、夕闇に陰影が刻まれている。視線を凝らすと、三浦藩の袴田左衛門である。

殺伐な事件続きであるだけに、素朴な田舎侍の来訪は本人には悪いがふっと息を吐《つ》けた。

「入られよ」

源之助は袴田を招いた。袴田はぎこちない所作で入って来た。

「ご多忙の中、お邪魔申してすみませぬ」

堅苦しい挨拶が袴田らしく恐縮してしまうが、つい鼻の右脇にある大きな黒子に目がいく。

「忙しくはありません。ご覧のように暇を持て余しております。居眠り番と通称されてましてな。春眠暁《あかつき》を覚えずの今の時節、ひねもす寝ております」

少しでも袴田の緊張が解《ほぐ》れればと、源之助は冗談めかしてあくびして見せた。

ところが源之助の意図は通じることはなく、

「いや、それは……」

生真面目な姿勢を崩すことなく、袴田は答えに窮した。

この男に冗談は通じない。余計なことに気遣わせることなく応対しよう。

「ま、それはともかく、御用向きは草薙殿に関わることですかな」

源之助の問いかけに、

「お察しの通りでございます。草薙先生の行方を御存じございませぬか」

袴田の顔には切迫したものがあった。

三浦藩の領民たち、一揆に向けて不穏な動きになっているのだろうか。

「わたしも捜しておるのです。だがわたしとて、心当たりがない。心配しておるところです」

「そうですか」

袴田は深いため息を吐き、肩を落とした。

しばらくうなだれたあと、

「先生にもしものことがあったのではないかと心配でなりませぬ」

「こんなことを申しては気分を害されるかもしれぬが、草薙殿は貴殿ばかりかどなたも弟子に取る気はなかった。一方的な気遣いと存ずる」

慰めたつもりだが、袴田には通じない。

「草薙先生はわたしばかりか三浦藩の領民にとっての救いなのです。草薙先生に希望を託しているのです」

過剰なる期待というもので、独りよがりもいいところだ。第一、末端とはいえ幕臣である自分に、一揆を企てているなどよくも言えたものである。この男が一揆については、領民たちも救われないのではないか。人が好いのはわかるが、お人好しでは一揆を起こせても勝利できるものではない。

「お気持ちはわかりますが、貴殿がどうお考えであろうと草薙殿の行方はわかりませんぞ」

「蔵間殿にも連絡はございませぬか」

「あいにくござらん。何度も申しますように、わたしも途方に暮れておるのです。むしろ、わたしが貴殿に心当たりはないかお訊きしたいところでした」

源之助の言葉に偽りがないと感じ取ったのか、袴田は暗い顔をした。

「わかりませぬか……」

落胆を隠そうともしないあまりに哀れな様子には、さすがに気が差した。

「町奉行所が総力を挙げて探しております。わかり次第、三浦藩の藩邸にご連絡致そう」

つい、無用の約束をしてしまった。

「かたじけないことですが、それはやめてください」

意外にも袴田は断った。

「いや、遠慮には及びませぬ」

「遠慮ではなく、ちとまずいのです」

袴田は顔をしかめ、頼み込むようにぺこりと頭を下げた。

袴田は領民の側に立ち、一揆を企てている。そのため草薙に助けを求めているのだ。

家中で草薙に弟子入りし、更には草薙を三浦領内に招くことは秘中の秘にしているのだろう。

「では、どのようにすればよろしかろう」

「わたしから足を運びます。こちらに出向いてまいります」

「しかし、いくら暇な部署とは申せ、わたしも留守にすることもあり、無駄足を踏ませることになりますぞ」

源之助が気遣いを示すと、

「かまいませぬ。第一、無駄足とは思いませぬ」

袴田は目をむいた。

鼻の右脇にある大きな黒子が微妙に震えた。

しかし、こんなことを請け負っていいのだろうか。

袴田に草薙を見つけたことを教えることは一揆の扇動になるのかもしれない。幕臣としては反逆行為である。

「ですが、申しておきますぞ。目下、草薙殿には殺しの疑いがかかっております」

「榛名藩の方々との争いですか」

袴田の目が厳しく凝らされる。

「草薙殿の仕業と決まったわけではござらぬが、いずれにしましても取り調べることになります。取り調べの結果如何《いかん》によりましては、貴殿とは会えなくなりますぞ」

源之助は静かに告げた。

「先生が取り調べを受けるということはわかります。しかし、万が一草薙先生が榛名藩のみなさんを斬ったとしましても、それは正々堂々たる侍と侍同士の斬り合いではございませぬか。侍同士の果たし合いを咎められることはございますまい」

袴田は訴えかけた。

「そうもいかぬでしょうな」

「何故でございますか」

「取り調べの結果を待つしかござらぬが、必ずしも正々堂々とした果たし合いではないからです」

「草薙先生が策を弄《ろう》したということですか。それなら、いかにも軍師らしい所業ではございませぬか」

袴田は勢い込んだ。

「策と申せるかどうか……。殺された者はみな背中を斬られておりました。こうした亡骸の様子を見る限りでは、果たし合いとは認められないでしょうな」

源之助の言葉を真摯《しんし》に受け止めた袴田は目を伏せた。自分の中で思い描いている草薙頼母像が崩れているのではないか。しばし、沈思黙考のあとに、

「では、きっと、草薙先生は無実です。鎮撫組を殺したのは草薙先生ではありません。そのことを今のお話で確信しました」

「どうしてでござるか」

「蔵間殿も思われているでしょう。草薙先生は断じてそのような卑怯な手は使わないお方でござる。よって、草薙先生は濡れ衣でござる」

ここぞとばかりに袴田は強調した。

なるほど、草薙を尊敬してやまない袴田からすればそのような理屈が成り立つということだ。

「気持ちはわかります」

源之助に言われ、

「蔵間殿、どうか、偏見を持って草薙先生の取り調べに当たらないでくだされ。頭から草薙先生の仕業と決めてかかった取り調べはしないでくだされ」

袴田は目に涙を滲ませた。

「むろん、そのつもり」

実際、決めつけの取り調べは冤罪《えんざい》を産む。八丁堀同心として源之助が最も恐れることであり、絶対にあってはならないことだ。

ところが、返事をしておいて、自分に草薙を取り調べる権利などないのだと寂しくなった。

「それだけはお願いします」

袴田は繰り返した。

「袴田殿、ともかく落ち着いてお待ちくだされ。焦りは禁物ですぞ」

ふと、草薙が科人《とが》として処罰されてしまえば、袴田は自暴自棄になって暴発するのではないかと危惧した。よくいえば純粋、悪くいえば単純極まるこの男なら猪突猛進《ちょとつもうしん》しかねない。勝算もなく、領民たちと共に立ち上がることだろう。

「わかっております。わたしは草薙先生を待ち続けます」

自分に言い聞かせるようにして告げると、袴田は一礼して立ち去った。

袴田に言われたからではないが、源之助も今回の卑劣な手段の殺しと草薙の人物像が一致せずに戸惑っている。新之助も同様だ。その戸惑いこそが、迷いを生じさせ、草薙探索の足枷《あしかせ》となっているのだ。

一連の殺しを草薙の仕業と決めつけることも危険だが、草薙の人物像に惑わされるのもまずい。

今回の事件、変化の激しさは万華鏡《まんげきよう》のようだ。

万華鏡は回すと見える景色が異なる。

源之助は見方を変えてみようと思った。それを体現するかのように、

「回してみるか」

「よし」

両手に唾を吐くと板敷に逆立ちをした。

しかし、腕の力が弱まり、よろめいた拍子に揃えた両足の裏が書棚に寄りかかってしまった。それでも、両腕に力を込め倒れないよう歯を食い縛った。

頑張ったところで事件探索が前進するはずはなく、まったく無駄なことなのだが意地を張ってしまう。

両の腕がぶるぶると震えだし、頭に血が上ってきた。

もういいだろうと気を抜いたのがいけなかった。悲鳴を上げた腕が曲がり、脳天が床を直撃したと思ったら、身体が倒れ書棚が傾いて名簿が床に散乱した。

「いかん、いかん」

頭をさすりながら名簿を拾い集める。

拾い集めるうちにふと一人の男の顔が脳裏に浮かんだ。

やはり、違った見方をしてみるものだ。殺しの景色が違ったものになった。

北町奉行所を出た袴田左衛門こと黒蛇の丹三はほくそ笑んだ。

「蔵間の野郎、剣も立つ凄腕の同心だってことだが、おれさまにかかりゃ、ただの間抜けだぜ」

源之助が自分を信じきっていることが痛快でならない。

町方、火付盗賊改、八州廻りが必死で追っている自分が、正々堂々と町奉行所に出入りしているのだ。

しかも、

「おれさまの手足となってやがる」

北町奉行所は草薙頼母の行方を探している。

「盗人猛々《たけだけ》しいとはおれのこったぜ」

声を放って笑いたくなるのを必死で堪《こら》えた。

「おっと、いけねえ」

付け黒子が剝がれそうになり、丹三は慌てて押さえ付けた。

地平の彼方に夕陽が沈んでゆく。空が丹三の大好きな血の色に染まっていた。

四

明くる十日の夕方近く、源之助は白石兄妹《きょうだい》の住まいである神田明神下の長屋にやって来た。白石主水の妹早苗を訪ねようと思ったのである。行灯《あんどん》を引き寄せ、早苗は繕《つくろ》いの内職にいそしんでいた。兄の死から立ち直ったのか、悲しみを胸に秘めているのだろうか。

源之助が素性を名乗ると、

「では、北町の蔵間さまのお父上さまでいらっしゃいますか」

早苗は源之助の顔に源太郎を重ねているようだ。早苗の表情は複雑だ。源之助のいかつい顔と源太郎の穏やかな表情が結びつかないのかもしれない。

源之助が黙っていると早苗は慌てて、

「どうぞ、お上がりください」

と、すぐに茶を淹《い》れますと言い添えた。

「突然の訪問ですので、お手数はおかけできません。どうぞ、お気遣いなく」

遠慮したものの、早苗は源之助のために茶を淹れた。

まずは、白石の位牌に手を合わせ、香典を置いた。一通りの悔やみの言葉を述べてから、

「目下、草薙殿を追っておるところです」

と、言った。

早苗が、

「兄を殺したのは砂山さま方ではないのでしょうか」

「まだわかりませぬ。ただ、言えることは砂山殿たち榛名藩の鎮撫組の方々と草薙殿を除く榛名一揆五人衆のみなさまが殺されてしまったということです」

「読売で読みました。大変な騒ぎとなっておりますね」

早苗の睫毛《まつげ》が心配そうに揺れた。

実際、読売は連日書き立て、噂好きの江戸っ子たちは二人が寄れば、この話題で持ちきりとなっている。それだけに、北町奉行所への風当たりは強く、一揆が落着しても尚《なお》、草薙を始め榛名一揆五人衆を付け狙った榛名藩も往生際《おうじょうぎわ》が悪いと悪評を呼んでいる。

草薙についても、論調が微妙に変わってきている。

始めのうちは軍師ぶりを褒《ほ》め称《たた》え、そうした賛美の論調が次第に事件の黒幕視されるようになっている。

今孔明と評判される草薙であるだけにその智謀が悪辣《あくらつ》さを帯びて、いかにも陰謀家めいた扱いとなっていた。しかし、どの読売も黒蛇の丹三については言及されていない。

「兄上には、草薙殿から二度ばかり文が届いたのでしたな」

「そうです」

早苗は再び、文の話をした。

白石と草薙が会ったことは間違いない。鎮撫組への応対を協議したとも考えられるが、黒蛇の丹三の盗品についての話し合いであったのかもしれない。

「榛名砦についてですが、兄上は砦に財宝が隠されていたとおっしゃられていませんでしたか」

源之助が問いかけると早苗は小首を傾げ、戸惑っている。

「お心当たりはないですか」

問を重ねると、

「兄は、あまり榛名砦のことは語りたがらなかったのです」

一揆のことは、地獄のような戦いであったゆえ、草薙も多くを語ろうとはしなかった。おそらくは、白石も過酷さゆえに口を閉ざしていたのだろう。

が、丹三の盗品について知られたくはないから黙っていたのではないか。

ふと、そんな思いが胸をつく。

すると、

「江戸に移ってからも、時折、悪夢にうなされておりました」

早苗は言った。

「悪夢ですか」

源之助が問いかけると、

「きっと、榛名一揆の時の夢を見ていたのだと思います」

早苗は言った。

白石は時に悲鳴を上げ、寝汗をぐっしょりかいて起きることもあったのだという。

「どんな夢なのか、お話しにはなりませんでしたか」

悪夢には違いあるまい。

それが、黒蛇の丹三の盗品についての夢だとは思えない。盗品がどんな物であったのかはわからないが、千両箱や骨董の類《たぐい》ではないか。そうした物を嫌悪する者がいてもおかしくはないし、白石という男、領民の窮状を見かねて一揆勢に加わったほどの心優しき男だ。そんな白石だからこそ金銀財宝に目もくれないというのはわかる。それでも、財宝を盗人が隠した物とは知らず、榛名藩が隠していたと考えたのだとしたら、藩への憎悪は大きくなったに違いない。

財宝を秘匿していながら、領民から過酷な年貢を取り立てるのだと憤《いきどお》ったとしてもおかしくはない。

しかし、そうした憎悪の念に焦がされ続けた夢とは思えない。それなら、怒りを滾《たぎ》らせたことだろう。ところが、白石は悲鳴を上げ、恐怖に身をすくませたのだ。

一揆勢と榛名藩、幕府軍との戦闘の酷さが悪夢として蘇《よみがえ》ったのではないか。

首を斬られ、胴を割られ断末魔にのたうち回る敵味方の者たちの姿が夢となって現れたのではないか。

すると早苗が、

「一度だけ、兄上が独り言を言ったことがありました」

「どんな言葉ですか」

「人は恐ろしい、獣になれる、と」

早苗はその意味するところを問いかけようとしたが、白石は頑《がん》として語ろうとはしなかったという。

やはり、過酷な戦いの様相を思い出していたのだろう。

八丁堀同心として捕物の指揮を執り、陣頭で自らも十手《じって》や大刀を抜いたことは数知れない。それでも、合戦ではない。あくまで、泰平の江戸市中にあっての捕物である。

草薙の軍略によって眠りを覚まされた砦は、きっと堅固な要塞となったに違いない。

山には曲輪《くるわ》を設け、堀を巡らしていたそうだ。

まさしく城攻めである。刀や鑓《やり》ばかりか弓矢、鉄砲弾も飛び交ったようだ。戦《いくさ》などやったことがないのは百姓たちも武士も同じである。武器や人数は攻め手が勝ったであろうが、命と命のぶつかり合いとなる白兵戦となったなら、気力がものを言うだろう。

まさしく地獄の戦場であったのだ。

草薙たちは榛名一揆五人衆と褒めそやされたが、揃って口を閉ざしているのは、あまりにも過酷な体験であるからに違いない。

すると、

「失礼致す」

と腰高障子が叩かれた。

「内川さま」

早苗は言ってから腰高障子を開けた。

内川弥太郎であった。

源之助と目が合い、お互い一礼をした。内川は早苗に紙包みを渡した。遠慮しながらも受け取った。いつもすみませぬと答えていることから、内川は早苗の暮らしぶりを助けているようだ。

内川は白石の位牌に手を合わせた。

内川さまには本当にお世話になっておりますと、早苗は言葉を添えた。

内川が、

「草薙頼母の行方《ゆくえ》、わかりませぬか」

と、源之助を見た。

「未だ、摑めませぬ」

申しわけなさそうに源之助は答える。

「わが榛名藩も領内を見回っております。むろん、草薙を捕縛すれば北町にお引き渡しする所存にござる」

内川は言った。

「かたじけない」

　返事をしてから、

「早苗殿、兄上を殺した下手人が捕まらなければ、兄上は浮かばれませぬな」

　源之助は言った。

「兄のこともそうですが、他の殺されたみなさまの御霊《みたま》を鎮めるためにも下手人が捕まって欲しいものです。読売などでは草薙さまが下手人と書きたてておりますが、果たしてそうなのでしょうか」

　早苗は首を傾げた。

「さて、わたしも草薙の仕業と疑っておるのですが」

　内川は源之助に意見を求めるかのように流し見た。

「わたしは、草薙と決めつけることに大いなる疑問を抱いております」

　源之助が答えると、

「というと、下手人の見当が草薙以外にあるとお考えか」

　内川の質問に黒蛇の丹三という名前が浮かんだ。しかし、早苗の手前、丹三一味のことをここで持ち出すことは憚《はばか》られる。

　どうしようかという源之助の逡巡を感じ取ったようで、

「蔵間殿、外で話しませぬか」

と、誘いをかけてきた。

「わかりました」

源之助も聞きたいことがある。丁度《ちょうど》いい。内川は早苗に挨拶をしてから表に出た。

暮れなずむ長屋の路地を通り抜け、

「さて、立ち話もなんでござる」

内川は目についた縄暖簾《なわのれん》を見た。ここでいいかと無言で問うてくる。

「承知しました」

源之助は内川について縄暖簾に向かって歩き始めた。

店内は天井から吊るされた八間《はちけん》行灯が灯され、既に半分ほどの席が埋まっていた。

二人は入れ込みの座敷に上がり、向かい合う。飲んでいた職人風の男たちが膝を送って奥へと寄った。

五

燗酒《かんざけ》としし鍋、あたりめを頼んでから、

「内川殿は榛名一揆の時、一揆勢との交渉に当たったのですな」

源之助から語りかけた。

「いかにも」

「草薙殿や白石殿と話し合ったのですな」

「草薙、白石ばかりか百姓の代表たち五人も加わっておりましたな」

五人の百姓たちは一揆の責任を取り、処刑された。

「草薙殿は手強《てごわ》い交渉相手でありましたでしょうな」

源之助が問いかけると、

「それが、なんとも摑みどころがないというか、一揆討伐は事実上の合戦でござったのだが、戦場にいるような雰囲気ではないのです」

内川は言った。

草薙の、実直でいながら春風のような安らぎを覚える風貌が思い浮かぶ。泰平な暮らしなればと思ったが、戦場にあっても変わらないとはさすがは名軍師、見かけとは違って草薙頼母、胆《きも》が太いということか。

「胆が据わっておったのですな」

源之助が言うと、

「いや、そうでもないような」

意外にも内川は否定した。話の続きを目で促すと、

「こちらの交渉に対して、ほとんど意見を返しませんでした。白石たちの方はいろいろと提案をしてきたりしたのですがな。草薙は滅多に口を開かなかった」

「それは、わざとではござらぬか。敢えて己が考えは口に出すことなく、情勢を窺《うかが》っていたということでは」

「そうかもしれませぬ。一揆勢は我ら三万の軍勢を相手に、三千で四カ月もの間持ち堪《こた》えたのですからな。それは草薙の軍略によるものです。よって、敢えて話をしなかったのでしょう」

一旦は源之助の意見を容《い》れた内川であったが、納得いかないように首を捻った。

「いかがされた」

「草薙の軍略、大したものです。三万の大軍相手に百姓が四月《よつき》も持ち堪えたのは草薙の力です。ですが、交渉の場での草薙はまこと頼りないというか」

判断がつかないように、内川は言葉を止めた。

源之助の胸にも妙なわだかまりが残る。

「白石殿は江戸に来られてからも悪夢にうなされておられたとか。それだけ過酷な戦

であったのでしょうな」

源之助が言うと、

「まこと、この世の地獄でありました。大軍、武器弾薬に勝る我ら攻め手とても生きた心地がしておりませんでした。こう申してはなんですが、御公儀よりまいられた御老中岡村備前守さまは、ご自身や御公儀の軍勢の損耗をひたすら避けようとなさっておられました」

攻めるのは榛名勢が先陣を切るのは当然としても、難所は榛名勢、他の軍勢は後詰《ごづめ》のような形であった。よって、榛名藩ばかりに死傷者を出した。

揚句、一揆が鎮圧されて後、榛名藩主村上肥後守重信は隠居、榛名藩は減封の処罰である。一揆は村上肥後守の失政がもたらしたものであるといわれれば抗弁できないのだが、それにしても、榛名藩にとっても過酷な処分であった。砂山虎之助たちが榛名五人衆に恨みを抱くのは当然のことだ。

「島原の一揆、相当に凄惨であったそうですが、榛名一揆も過酷でありましたな」

内川は砦を接収し、巡検をした。土蔵を調べると米や味噌は尽き、雑穀類も食べ尽くされた。

「馬も食われておりました。それから」

内川の目が暗く淀んだ。

源之助は内川の言わんとしたことが想像できた。

案の定、

「人ですよ」

内川は吐き捨てた。

想像していた通りであるが、当事者の口から聞いてみると恐怖心がせり上がり、背筋がぞっとした。四月の間に食料は尽き、餓死の淵まで追い詰められた一揆勢はついに人の屍《しかばね》も食べたのだった。

白石が悪夢に魘《うな》され、人は怖いと呟いたのもわかる。まさしく、この世の地獄なのだった。

そこへしし鍋が運ばれてきた。

湯気を立てた味噌の香ばしい香りが漂う。猪《いのしし》の肉とぶつ切りにされた葱《ねぎ》が味噌に浮かんでいるが、人肉食いの話を聞いたせいで、箸を伸ばす気がしない。

草薙が一揆の様子を語らないのももっともなような気がしてきた。

「ところで、黒蛇の丹三という盗人をご存じですな」

ふいに源之助が問いかけると内川の目が瞬かれた。次いで探るような目になり、

「関八州を荒らし回っておる盗人ですな」

「丹三一味が盗んだ品々、どこに隠しておるのでしょうか」

　とぼけた口調で独り言のように言うと、内川はにやりとした。

「ご存じのようですな。いかにも盗品は榛名砦に隠されておりました」

「黒蛇の丹三一味が隠した財宝の行方ですが、砂山殿の鎮撫組のまことの狙いは財宝にあったのですな」

　源之助はずばりと斬り込んだ。

　内川は否定すると思いきや、

「否定はしませぬ。今もお話ししましたように、当家は多大な犠牲の上に減封の憂き目に遭いました。借財は増える一方でござる。隠し財宝、たとえ、盗人一味の盗品であろうが、我が藩の物にしたいところでござる」

　と、正当であるかのように言い立てた。

「いや、それは」

　源之助は応じることはできない。

「ま、蔵間殿は賛成するわけにはまいらぬであろうがな」

「砂山殿らが死して、財宝の所在は内川殿がお探しになるのですか」

「そういうことです」

どうやら、草薙を追っているのは財宝の所在を知りたいからのようだ。

「ところで、黒蛇の丹三、榛名一揆に加わっていたそうですが、何かお心当たりはございませぬか」

「さて、敵味方入り乱れておりましたからな。たとえ盗人一味が一揆勢に加わっておったとしても、区別はつかなかったでしょうな」

内川は言った。

「どのみち、丹三一味は己がお宝の回収に失敗したのでしょう」

「さて、どうでしょうな。丹三が隠し財宝目当てに九人を殺したとすれば、回収できなかったと考えるべきでしょうが」

「わたしにはわからないことがあります」

源之助は鎮撫組、榛名一揆五人衆、死んだ者たちはみな卑怯な手口で殺されていたことを語った。

「草薙殿の仕業とは思えぬのです」

袴田が言っていた疑念を内川にぶつけてみた。

「拙者も貴殿同様、草薙の仕業というには違和感があります」

内川はうなずく。

「わたしは、草薙殿が黒幕とは思えませぬ。真の黒幕は別にいると思います。そして、その黒幕は丹三の隠し財宝を探しているというよりは、探し当てた財宝を守るために殺しを行ったのではないでしょうか」

源之助の考えを受け、

「ほう、なかなか面白い見方ですな。何を根拠にそのように推量されるのですかな」

「逆立ちをしてみたのです」

「はあ……」

意表を突かれたようで、内川は口を半開きにした。

「物のたとえですが、要するに物の見方をひっくり返してみたということです」

源之助は言った。

「すると、どうなりますか」

内川は猪口《ちょこ》を置いた。

「財宝は既に下手人が持っている。ということは、榛名砦から持ち去ったということになります」

「しかし、財宝はありませんでしたぞ」

即座に内川は反論した。

「財宝は本当になかったのでしょうか」

源之助の声が低まった。

「はっきりと申されよ。何を申されたいのだ。口ぶりでは拙者を疑っておられるようだが」

内川の目が険しくなる。

内川に対する疑念をぶつけようとしたところで、

「よお、親父殿」

店内の喧騒をものともしない大声が響き渡った。

声の主は矢作兵庫助である。

矢作は足早に土間を横切って来たと思うと入れ込みの座敷に上がり、座っている町人たちに、

「膝を送れよ、気が利かねえな」

などと遠慮なく怒鳴り付けながら源之助の隣にどっかと腰を据えた。内川をちらっと見て自己紹介をした。内川も自己紹介をしたところで、

「では、拙者はこれにて」

と、席を立った。

「まだ、よいではござらんか」

源之助は引き止めたが、

「いや、ちと用事を思い出しましたので」

内川は止めるのも聞かず、多めに銭を置くとそそくさと縄暖簾の裏口から出て行った。矢作はしし鍋を目にすると、

「おお、美味《うま》そうだな」

よだれを垂らさんばかりに満面の笑みを広げた。すぐに箸《はし》と猪口《ちょこ》を受け取り手酌で酒を飲むと、箸をしし鍋に伸ばした。

「まったく、呑気なものだな」

源之助は呆れたように言った。もっと、内川の話を聞きたかった。とんだ邪魔者が入ったというのが、本音である。

「どうした、親父殿、食べないのか」

「ああ、おまえ、好きなだけ食べろ」

「なら、遠慮なく」

矢作は言ってからふと真顔になって、

「親父殿、縄暖簾の近くで妙な連中が様子を窺っているぞ」

と、耳打ちをした。

「なんだと」

意外な矢作の言葉に緊張が走った。

一瞬にして戦闘意欲が湧く。

矢作は猪口に酒を注《つ》ぎながら話を続けた。

「相手は五人ばかりだ。みな、侍だな」

矢作は言った。

六

「侍……。何者だ」

まさか、榛名藩であろうか。

「わからん。あとで、ひっとらえて口を割らせればいいさ」

矢作らしい単純にして明快な考えだ。

「そうか」

源之助がうなずくと、

「その前に腹ごしらえだ」

むしゃむしゃとしし鍋を食べ、酒をごくごくと飲んだ。

食べながら、

「親父殿、誰かに恨まれているのか」

「怨みを買うのは今に始まったことじゃないさ」

「そりゃ、そうだ。で、今、どんな影御用を担っているのだ」

問いかけておいて矢作は当ててみると、源之助が答えるのを制した。

「榛名一揆のあと、榛名藩鎮撫組と榛名一揆五人衆の争い、その争いによって起きた殺し、そして黒幕と目される草薙頼母、それらに親父殿は関わっているのであろう」

矢作はにんまりと笑った。

「お見通しだな」

「あたり前だ」

「ところがな、事態は思ったよりも複雑だったのだ」

源之助は黒蛇の丹三の盗品が榛名砦に秘匿されており、今回の殺しは隠し財宝を巡る争いに他ならないことを語った。さすがに矢作も驚きの表情となった。

「そいつはすごいな」

盛んに繰り返す。

「砦から消えた隠し財宝を巡る殺し、その所在を知るのが草薙頼母ということか」

矢作は言った。

「そうだろうと考えたこともある」

「というと」

「今では草薙は違うと思う。わたしは、内川弥太郎こそが今回の事件の黒幕だと考えた」

「今、親父殿と一緒にいた侍か」

「そうだ」

「どうして、内川だと思うのだ」

「内川なら絵を描くことができる。お互いの所在、果たし状の作成、果たし合いをやらせること。そして、内川は榛名砦接収の責任者であった。接収の際に、財宝はないと内川が判断したのだ」

「つまり、内川の一人芝居ということだな」

矢作は言った。

「そういうことだ」

「ということは、表にいる侍、内川の意を受けた榛名藩の者たちということか」

「そう考えて、間違いあるまい」

源之助は自信たっぷりに答えた。

「飛んで火に入る夏の虫とはあいつらのことだな」

矢作は手をこすり合わせると立ち上がった。

「もう、腹はいいのか」

「なに、腹ごなしをしてもう一度食べるさ」

矢作は言った。

源之助も勘定を置き腰を上げる。


二人は縄暖簾を出た。

既に夜の帳《とばり》が下りている。

「右の柳の陰だ」

矢作は囁《ささや》いた。

源之助はうなずく。

朧月《おぼろづき》の下、柳が夜風に任せて枝を揺らしている。数人の侍がこちらを窺っているのがわかった。

矢作が、

「親父殿、もう一軒行くぞ」

呂律《ろれつ》の回らない口調で声をかけた。

「やめとけ」

「いいではないか」

「おまえとは付き合いきれぬぞ」

源之助は言いながら千鳥足の芝居をして歩きだした。矢作は鼻歌を口ずさみながら歩き続けた。

二人とも、敵には視線もくれず、笑いながら進む。

やがて、柳に近づいた。

敵が息を潜めているのがわかった。

と、矢作が駆けだした。

源之助も走りだす。

ばたばたとした足音が柳に迫る。不意をつかれた敵は慌てて飛び出した。敵は五人である。矢作は十手《じって》を抜き、敵の真っ只中に飛び込んで行った。

源之助も続く。

「どうりゃあ」

大音声《だいおんじょう》と共に矢作は敵に向かう。敵は浮き足立ち、腰の刀も抜けないほどだ。一人めの頬、二人めの首筋を十手で打つ。二人は膝から崩れ、地べたをのたうった。源之助も十手で二人を打つ。

たちまちにして四人が往来に転がる。

残りの一人は風を食らって逃げて行った。

矢作が一人の胸ぐらを摑み、

「おい、あんたら、蔵間源之助を狙っていたのだな」

「え、ええっ？」

侍の一人が戸惑った。

「恍《とぼ》けるな」

矢作が詰め寄る。

侍は顔をそむけ、

「蔵間なんて知らん」

早口に答えた。

「嘘つけ」

「嘘ではない。我ら……」

侍の声は上ずり、視線が彷徨《さまよ》った。

「我ら……、どこの家中だ。ええ、はっきり申せ」

胸ぐらを摑む矢作の勢いに押され、

「榛名藩でござる」

侍は答えた。

「本当だろうな。榛名藩の方々が、どうしてこそこそ蔵間源之助を見張っていたんだ」

納得できないとでもいうように、矢作は問を重ねた。

侍は落ち着きを取り戻し、

「我ら、内川殿の警護でやってまいった。内川殿は草薙頼母に命を狙われているのでな」

「もっともらしい言い分だが、信じられねえな。本当のことを言え。蔵間源之助の命を狙っていたんじゃないのかい」

矢作が殴りつけようとしたのを源之助が止めた。

「親父殿」

抗議をする矢作に、

「いや、これは失礼仕《つかまつ》った」

源之助は侍たちに詫びた。

「本当のことを言っているとは思えないぞ」

不満顔の矢作にも、源之助は謝るよう促した。形ばかりの詫びの言葉を矢作が投げると侍たちはそそくさと去って行った。


内川の警護にやって来たという侍たちの言葉を源之助は信じることにした。

内川は店の裏手に行き、警護の侍たちはそれに気づかなかった。内川が意図的に彼らを避けたということだろう。とすれば、内川は榛名藩から警護という名目で監視されているということか。

ということは、榛名藩も内川を疑い、隠し財宝の行方を追っているのではないか。

「親父殿、やはり、内川って野郎が怪しいな」

矢作は決めつけた。

「そうだろう。決めつけられんのだが、十分に疑わしい」

源之助は根拠として、内川が白石の妹早苗をたびたび訪れていることを語った。

「ここからはわたしの勝手な想像でしかないのだがな、白石は殺される前、草薙と二度連絡を取って会ったことがわかっている。そして、その二度とも白石は暗い顔をしていたそうだ。その原因は隠し財宝ではないか。つまり草薙は、隠し財宝は御公儀に返すべきだと言い、そのことを白石は不満に思っていた。そして、内川は白石と共に隠し財宝を自分の物にしようと思ったのではないか」

源之助は言った。

矢作が危ぶんだ。

「親父殿、今回はいつになく飛躍した推量をするじゃないか」

「逆立ちしてみたのだ。一方的であたり前の推量ややり方では落着できない。思い切ってみないとな」

源之助はいかつい顔を際立たせた。

「おれも、負けておれんな」

「南町も動いておるのか」

「いや、北町の領分を侵すつもりはない。ただ、手柄にならなくても面白い事件というものは身体の芯が疼いて仕方がないさ」

　矢作は言った。

「ま、いいだろう。止めて、止まる男ではないからな、矢作兵庫助」

「褒め言葉だと受け取っておくよ」

　矢作は胸を叩いた。


「このどじ野郎」

　丹三は妙吉の頭を叩いた。

「すんません」

　妙吉は手で頭をさすりながら何度も頭を下げた。

　妙吉たちは源之助を見張っていた。源之助が密かに草薙と接触するのではないかと丹三が疑って、指示をしたのだ。

「見つかりやがって。しかも、どうして三浦藩を名乗らなかったんだ。蔵間には三浦藩が草薙を狙っているって思わせているんだ。蔵間が草薙と会っていると勘繰って店の前で待ち構えていたって言っとけば信じたんだ。榛名藩なんて名乗るからややこしくなったぜ。蔵間の目は榛名藩に向けられるぜ」

「ああ、そうか。あの牛みてえな同心に詰め寄られてつい……。すんません。そこまで頭が回りませんでした」

平謝りする妙吉に、

「ま、すんだことだ。ともかく、蔵間の動きにはおれが用心する。てめえらは例の所で大人しくしてな」

丹三は言った。

第四章　穢《けが》された一揆

一

　その晩、八丁堀の組屋敷に源之助は戻った。大きな事件に遭遇し、気持ちが高ぶっているため普段にも増して家では無口だ。久恵も源之助の態度から察しがついたのか、言葉をかけてくることはない。

　居間で無言のままに茶を飲み、久恵はお先にと言い残して寝間へと向かおうとした。そこへ、玄関の格子戸が叩かれる音が聞こえた。夜分の訪問を憚《はばか》って遠慮がちながら、切迫した気配が感じられる。

　久恵が応対に出ようとしたのを、

「よい」

と、制して居間を出た。

廊下を伝う源之助の足音に気付いたのか、格子戸を叩く音がやんだ。息を詰める気配が感じられる。上がり框《かまち》から式台に足を下ろし、沓脱石《くつぬぎいし》に揃えてある雪駄《せった》を履いて三和土《たたき》に下りた。ゆっくりと格子戸に向かい、立ち止まったところで、

「どなたでござる」

潜《ひそ》めながらもしっかりとした声音《こわね》で問いかけた。

「草薙です」

柔らかな声音と口調はまごうかたなき草薙頼母である。源之助は無言で心張り棒を外すと格子戸を開けた。

「夜分、畏れ入ります」

草薙は頭を下げた。

月代《さかやき》や髭《ひげ》が伸び、羽織や袴も土や草にまみれている。憔悴《しょうすい》した様子が行方不明の日々の苦悩を物語っていた。

事情を聞くのはあとだ。

「上がられよ」

源之助が言うと、草薙はかたじけないと言って上がった。

居間で草薙と向かい合った。

ここ数日、ろくに食べていないと思い、久恵に何か食べ物を出すよう言いつけた。久恵は握り飯を用意した。

「蔵間殿、黙って行方をくらましたこと」

話そうとする草薙にまずは握り飯を食べるよう促した。草薙はおずおずと手を伸ばしたのだが、一口食べると夢中になって頬張った。あっという間に二つの握り飯を食べ終え、人心地ついたようで表情が和《なご》んだ。

「無事でよかったですな」

まずは草薙の身を気遣った。草薙は笑顔を返した。

「星野屋の離れ座敷から貴殿が行方をくらましてから今日までに起きたこと、御存じですな」

遠回しながら、草薙が鎮撫組と榛名一揆五人衆の死に関係しているのかを問いかけた。

落ち着きを取り戻した草薙は、

「榛名一揆五人衆の武藤省吾殿、飯尾純一郎殿、笹野平蔵殿及び鎮撫組の四人、そう、わたしに果たし状を出そうとした砂山虎之助殿までが死んだのですな」

一連の殺しが起きたことは、読売や巷《ちまた》の噂話で知っているそうだ。その物言いが自分は関わっていないことを告げている。

「何故、行方をくらましておられました」

源之助の問いかけに、

「武藤殿、飯尾殿、笹野殿のもとを訪れようとしておったのです」

草薙は答えた。

「お三方のお住まいを御存じないのではござらんのですか」

自分ながら口調が厳しくなるのがわかった。

「ですので、白石殿のお宅を訪ねたのです」

草薙は白石主水なら三人の所在を知っていると思い、早苗に教えてもらおうと訪問したのだという。

「しかし、早苗殿はお留守で会うことはできませんでした」

「早苗殿とは面識があるのですか」

「はい」

草薙は短く答えたが、何やら隠し事をしているように思える。

「腹を割ってくださらぬか」

源之助は言った。

草薙は躊躇《ためら》う風に口をつぐんだ。自分の立場をわかっているだろう。榛名藩鎮撫組と榛名一揆五人衆の争いの黒幕は草薙頼母だと騒がれていることは耳にしているはずだ。

それゆえ、隠れていたのだろう。それが自分を訪ねて来たということは身の潔白を明かしたいからに違いない。

黙って草薙を見ていると、

「まず、わたしは潔白であることを申し上げます」

源之助の疑念を払拭《ふっしょく》しようとしてか、草薙はまずは無実を訴えた。

黙って話の続きを促した。

「わたしは、白石殿と宮田殿が殺されて、これらの背景には榛名砦の隠し財宝があると睨みました」

草薙の話を受け、

「確か、草薙殿は、榛名藩の隠し財宝だと申されましたな」

源之助に問われ、

「和議の席上、榛名藩の内川弥太郎殿から榛名藩の財宝であり、財宝のことは公にはしないで欲しいと懇願されました。年貢減免、お救い小屋の設置という要求が通り、一揆の目的が達成できさえすれば財宝のことなどどうでもいいと、わたしも白石殿らも同じ思いでしたので、内川殿の申し出を了承しました」

草薙は答えた。

なるほど、やはり、内川が臭い。丹三一味の盗品であることが幕府の耳に入れば、当然のこと幕府に差し出さねばならない。内川は草薙が隠し財宝のことを内緒にしてくれることをいいことに、藩には草薙たちが奪い去ったと報告してわが物にしたのではないか。

和議交渉を通じて、隠し財宝があることは藩の上層部の耳にも入っただろう。内川は独り占めにせんとした。藩の上層部は砂山虎之助たちに財宝の奪還を命じた。砂山たちは榛名一揆の際、藩から感状を与えられた鎮撫組である。草薙たちに接触するには大義がある。

成敗するという大義が。

「今回の殺し、内川殿が影で糸を引いておるのではございませぬか」

源之助は自分の考えを披露した。

草薙は思案するように腕を組んだ。

「面白いお考えだと思いますが、わたしは内川殿の仕業ではないと思います」

名軍師に否定され、自信が揺らいだ。

わけを聞こうとしたところで、草薙は星野屋を出て行ってからの経緯を語り始めた。

「わたしは、白石殿の妹早苗殿を訪ねましたが会えませんでした。星野屋に戻ろうとしたのですが、命を狙われていることに気づきました」

「砂山殿らにですか」

「三浦藩の方々にです」

草薙は、源之助に助けてもらった時に襲って来た侍がつけていることに気づいた。

「今更、命を惜しむのは恥ずべきですが、さりとて武藤殿や飯尾殿、笹野殿の身が心配でござる。わたしは、なんとか、お三方に江戸から離れるよう伝えようと思いました」

それから、神社や寺の境内で寝起きをした。

すると、蝮稲荷で鎮撫組と五人衆が果たし合いの末に双方が死んだということを聞いたのだった。

「情けないことに恐怖心を覚えました」

恥じ入るように目を伏せた。

「恥じ入ることはござらん。命を惜しむことは当然です」

源之助の言葉に草薙は弱々しく笑った。

「壮絶な一揆を生き延び、平穏な暮らしの中に身を任せておりますと、生への執着が出てきたのかもしれませんな。達観したようなことを申しておったことが恥ずかしくてなりませぬ」

「当然なことだと存じます」

励ましの意味を込めて源之助は言った。

「しかし、わたしは逃げ回っておったのです。が、逃げることは益々わたしへの疑いを深めると思い直し、勝手ながら蔵間殿を頼ることにしたのです」

「その通り。町方は草薙殿が下手人《げしゅにん》だと行方を追っております」

源之助の言葉に草薙は頭を下げた。

「まさしく」

草薙が首肯《しゅこう》したところで、

「では、改めてお聞き致す。一連の殺しの黒幕、内川弥太郎殿ではないとしましたら、誰とお考えですか」

「黒蛇の丹三一味の仕業でしょう」

当然と言えば当然ながら最も納得できる答えである。

「草薙殿は、黒蛇の丹三一味を御存じなのですか」

「はい。一揆のとき、砦にやって来ていましたので」

「では、丹三一味が己が盗品を奪い返そうとして、鎮撫組と五人衆方を殺していったということですか」

「そういうことでしょうな」

「丹三は鎮撫組と五人衆ならば、盗品の行方を知っている、あるいはわが物にしていると睨んだ。それで、聞き出そうとしたが聞き出すことができず、殺してしまった。殺したのは自分たちの財宝を奪ったという恨みと口封じということですな」

「それで間違いはないと思います」

草薙は冷静さを取り戻した。

怜悧《れいり》な頭脳が冴えたようだ。丹三一味が狙うのは草薙であろう。丹三たちも草薙の行方を追っているに違いない。

「これから、いかがされる」

改めて源之助は問いかけた。

「いずれ、奉行所に出頭しようと思っております」

「いずれなどと申されずこれからでもまいりましょう。わたしも同道し、草薙殿の身の潔白を申し立てます」

源之助は言った。

「かたじけない」

両手を膝に揃え、草薙は頭を下げた。

「遠慮はいりません」

「いや、遠慮ではござらん。今は町奉行所には出頭できませぬ」

「何故でござる」

「わけは後日、お話し致す」

草薙は立ち上がった。

二

「お待ちください。では、事情は聴きますまい。わたしは草薙殿の無実を信ずるものですからな」

源之助は言った。

「ですが、これ以上は蔵間殿にご迷惑をおかけできぬ」

「ならば、いかがされる」

「これまでのように、神社や寺に身を隠しております」

「丹三一味が捕縛されるのを待っておられるのですか」

「そのつもりです」

「それはやめられよ。目下、町方は寺社方と共同で草薙殿の行方を追っております。神社、仏閣、荒れ寺、それこそ、根こそぎ探索の手が伸びます。隠れても見つかるだけ。そして、見つかったら、町方は草薙殿を深く疑います」

「自首と捕縛されるのでは大違いでしょうな」

草薙は淡々としている。

「わかっておられるのなら、出頭されよ。それで身の証《あかし》を立てることができれば、身の安全も奉行所であれば万全でござる」

自分が言うまでもなく草薙ならばわかっているはずだが、敢えて言った。

しかし、

「いましばらく猶予《ゆうよ》を願いたい」

草薙は頑《かたく》なだ。

強く拒否するからには、何か深い事情があるに違いない。

「わかりました。奉行所に出頭されよとは申しませぬ。しかし、身の安全を守ることができる所に潜まれることが必要ですぞ」

源之助は言った。

「そこは、うまくやります。なに、それほど日数は必要ござらん」

草薙は言った。

「これまでのように神社や寺に身を隠されるのですか」

「行く当てはございませぬからな」

弱気にはなっていないがいかにも危うい。

草薙の自信とは裏腹に、町方の探索の手を逃れることはできまい。

町方の目が届かない所というと……。

源之助の脳裏に一人の男の顔が過《よぎ》った。

「では、白河楽翁さまを頼られてはいかがでしょう」

源之助の提案に、

「白河楽翁さまですか」

草薙も意表を突かれたようだ。しばらく思案の後に、

「なるほど、それはよい。白河楽翁さまの御屋敷ならば、誰も踏み込まない。それはわかるが、白河楽翁さま、追手がかかる身となったわたしを匿《かくま》ってくれるでしょうか」

「匿ってくれるでしょう。白河楽翁さまは草薙殿の無実を信じておられますからな」

源之助が言うと、

「そうですな。それに、腹を決めてかからねば、何事も成就しないものですしな」

草薙が意を決したところで、

「父上、夜分、畏れ入ります」

と、源太郎が格子戸を叩く音がした。草薙のことは秘さねばならない。源太郎を欺くことになるが仕方がない。源太郎に草薙が無実であり、わけあって今は奉行所に出頭できないことを説明したら、源太郎は承知はするだろうが苦しむに違いない。

「奥へ行かれよ」

源之助は奥の襖を開けた。草薙は黙って隣室に向かう。

「待て」

源之助は居間を出ると廊下を歩いた。玄関の沓脱石に揃えてある草薙の雪駄を持っ

て三和土の隅に置いた。暗がりでわかるまい。

心張り棒を外し、格子戸を開けた。源太郎が夜分の訪問を詫びた。

「入れ」

源之助に促され玄関に入ったものの、源太郎はここで構いませぬと上がることは遠慮した。

「どうした」

「草薙頼母より、内川殿に文が届いたそうなのです」

源太郎は意気込んだ。

「文の内容は……」

「今宵、夜九つに神田の蝮稲荷《まむしいなり》にて待つということだそうです」

源太郎は言った。

草薙は内川を呼び出したことなど言っていなかった。蝮稲荷で内川と会うつもりなら、松平定信の屋敷に行くことに同意するはずはない。

「父上も一緒に行かれませぬか」

源太郎は新之助や京次と共に蝮稲荷の境内に潜んで草薙を待ち受けるのだそうだ。

草薙と親しい源之助に立ち会いを勧めてくれているのだ。

草薙が蝮稲荷に行くはずはないとは言えない。しかし、草薙を騙《かた》る者はやって来るかもしれない。源太郎たちが蝮稲荷の境内に潜むことは意味がある。

「いや、わたしはやめておく」

源之助はかぶりを振った。

「ええ……」

まさか、断られるとは思っていなかったのだろう。源太郎はぽかんとした。

「あの、本当に来なくていいのですか」

戸惑う源太郎に、

「わたしは行かぬ」

「何故ですか」

戸惑いから源太郎はわけを問うてきた。

「何故って、蝮が出るだろう。今の時節、冬眠から目覚めた蝮が雑木林の中にはうようよと潜んでおることだろう」

源之助が言うと、源太郎は口を半開きにしてしばらくは立ち尽くしていたものの、

「わかりました」

無理やり源之助を蝮稲荷まで引っ張って行くわけにもいかず、源太郎は引き下がっ

た。

「わたしの分まで見張ってまいれ」

「承知しました」

「申しておくが、草薙がやって来るとは限らんぞ」

「内川殿に出した文は草薙殿が出したとは限らないということですね。むろん、そのことはわたしも想定しておりました。ちゃんと用心致します」

侮《あなど》るなとばかり源太郎は言い返した。

「きばれ」

源之助は言うと踵《きびす》を返した。

駆けだす源太郎の足音を背中で聞き、心の中で詫びた。

上がり框に上がると久恵が立っていた。何も言わないが目で源之助を批難している。息子を欺いたことへの批判か、追手がかかる草薙を匿うことが八丁堀同心としての道を外しているという批判なのかはわからない。

両方だろう。

源之助は視線をそらし、居間に戻った。襖が開き草薙が出て来た。

「ご子息を欺くことになり、申しわけござらん」

草薙は詫びた。

「それよりも、夜道ですが急ぎましょう」

源之助は言った。

羽織を重ね、腰に十手を差す。

草薙と共に玄関に至った。久恵が正座をしていた。

黙って横を通り過ぎると、

「行ってらっしゃいませ」

久恵は三つ指をついた。その目は複雑に尖っているものの源之助への信頼は失われていなかった。

「行ってまいる」

一言、言い残して玄関を出た。

春の夜らしく艶《つや》めいた風に頰を撫でられた。

「よき、星空ですな」

源之助が見上げると、

「まったくですな」

草薙も空を見上げた。

太った上弦の月が星々を従えるように輝いていた。

二人は築地の松平定信の下屋敷を訪れた。浴恩園と称される凝った庭には石灯籠《いしどうろう》に灯りが灯され、昼間の山里のような光景とは打って変わって玄妙な雰囲気を醸し出している。

定信は数寄屋《すきや》で応対した。

焦げ茶の袖無し羽織に茶の宗匠頭巾という出で立ちは茶人にしか見えない。

「夜分、畏れ入ります」

源之助が詫びると、

「かまわぬ。よくぞ、草薙を連れて来てくれたな」

定信は鷹揚《おうよう》に言った。

草薙も礼を述べ立てた。草薙に代わって源之助が、行方知れずとなってからの経緯をかいつまんで説明した。

「身の潔白は明らかとなろう。しばらくは、わが屋敷に逗留しておれ」

定信に言われ、

「まこと、ありがとうございます」

草薙は両手をついた。

「やはり、一連の殺し、黒蛇の丹三の仕業であると思われます」

源之助は言った。

「ところがな、黒蛇の丹三一味、どうにも行方が知れぬ」

「つくづく、狡猾《こうかつ》な連中でございますな。それにつきまして、確証はございませぬが、榛名藩の内川弥太郎殿に草薙頼母の名で誘いをかけた者がおります。その者こそが丹三ではないかと」

「そうであればよいがな」

定信は言った。

「わたしはとんだ見込み違いをしておったようです」

源之助は一連の殺しの黒幕が内川と疑ったことを話した。

「練達の同心ゆえ、考え過ぎたのかもしれぬな」

定信は鷹揚に微笑んだ。

「ともかく、今夜、事態は動くものと存じます」

「その方も立ち会いたいのではないか」

「今回は若い者に任せます」

自分に言い聞かせるように源之助は言った。

三

源太郎と京次は新之助と待ち合わせ、神田の蝮稲荷の鳥居に至った。草薙が内川に来るようにと文で記してきた刻限の夜九つよりも四半時《しはんとき》ほど早い。

新之助が、

「抜かるなよ」

と、念押しをする。

蝮稲荷で内川と草薙が会ったら、京次が呼子《よびこ》を鳴らす手筈となった。新之助は蝮稲荷の周囲に捕方を配置している。草薙を取り逃がすことなく万全の態勢で臨んだ。源太郎と京次は鳥居から中に身を入れた。そこへ、内川弥太郎がやって来た。内川はいつになく真剣な顔つきである。

「稲荷の周辺を捕方が固めています。ですから、御自分で草薙を捕らえるなどとはお考えにならなくても大丈夫です」

源太郎が言うと、

「承知。ですが、わたしとて武士、しかも、榛名藩に関わる九人もの者が殺されたとあっては黙ってはおれぬ。それに、草薙の方から斬りかかってこぬとも限りませぬ」

内川は草薙を斬る気のようだ。

「お気持ちはわかりますが、草薙の仕業だと決まったわけではございませぬ。やはり、生きたまま捕縛せねばなりません」

強く言うと、内川は無言で顎を引いた。

内川を境内の真ん中に残し物陰に隠れようとしたが、うまい具合に身体を隠せる建物がない。月明かりと星影で照らされた境内であるだけに、目立って仕方がない。

「あそこしかありませんぜ」

心細げに京次が指さしたのは蝮稲荷の二つ名の由来となった雑木林である。冬眠から目覚めた蝮に注意しろという言葉が思い出される。

「仕方あるまい」

源太郎は雑木林に向かった。京次も首をすくめながら続く。下ばえが足首に絡みつき薄気味悪いことこの上ないが、我慢して踏みしめながら木立の間を進む。

雑木林の中で息を潜める。内川は祠《ほこら》の前で立っていた。やがて、夜九つを告げる時の鐘が鳴らされた。

源太郎は境内に視線を向けながらも蝮が気になって仕方がない。京次も同じようで、時折草むらに目をやっていた。

しかし、草薙は現れない。一体どうしたことだという焦りに蝮への恐怖心が重なる。

「来ませんぜ」

気持ち悪そうに京次は足首に絡む下ばえを跳ね除《の》けた。

既に約束の刻限から一時《いっとき》が過ぎた。内川も焦れて祠と鳥居の間を行ったり来たり繰り返した。

源太郎も焦れた。

「気付かれたのかもしれませんぜ」

京次が言った。

「まだ、わからぬ」

草薙は用心しているのかもしれない。内川が帰らない以上、自分たちも張り込みを辞めるわけにはいかない。

「妙な音がしませんか」

京次が言った。

耳をすませる。犬の遠吠えが聞こえる。他は静寂だ。しかし、その静寂の中に、しゅっしゅっという嫌な音がする。

おそるおそる音の主に視線を向ける。樹間に降り注ぐ月光がぬるりとした生物を浮かび上がらせた。

「京次、動くな」

源太郎は脇差を抜いた。

京次は恐怖にすくみ上がった。

蝮が頭をもたげ真っ赤な舌を出している。源太郎が近づくと、蝮も驚き素早い動きで京次の方に向かった。京次は思わず、手に持っていた呼子を鳴らした。

夜空に呼子の音が吸い込まれてゆく。

慌ただしい足音が聞こえたと思うと御用提灯の群れが鳥居から殺到してきた。内川が呆然と立ち尽くす。

「いけねえ」

京次が失態を悔いた時には新之助を先頭に捕方が内川に向かっている。源太郎と京次も雑木林から飛び出した。

「間違いです」

源太郎は大きな声を出したが、

「草薙、どこですか」

新之助は内川に問いかけた。

内川は呆然としている。

「すいません、あっしが」

京次が蝮に襲われそうになった恐怖の余り、呼子を鳴らしてしまったことを平謝りに謝った。新之助は顔をしかめながらも、

「しょうがない、仕切り直しだ」

と、捕方を再び稲荷の周囲に配置しようとしたが、

「今夜は来ないと存ずる」

内川が制した。

新之助が躊躇《ためら》いの姿勢を取ると、

「文に書いてきた刻限を一時《いっとき》も過ぎてもやって来ないということは、来ることはないと存ずる」

内川の言う通りである。

新之助は逡巡のあとに、

「引き揚げるか」

と、呟いた。

「お手数をおかけした」

内川は詫びたが、

「内川殿が悪いのではございません。草薙に気付かれたのかもしれません」

新之助は返した。

「いずれにしても、今晩はこれで帰ります」

「ならば、藩邸までお送り致しましょう」

新之助の申し出を、

「それは無用でござる」

やんわりと内川は断った。

「しかし、帰り道は危険、内川殿が一人になるのを草薙は待っているのかもしれません」

新之助は語調を強めた。

「かまいませぬ」

強く新之助が言ったところで、

「出よ」

やおら、内川が大きな声を上げた。

すると、祠の裏手から大勢の侍が現れた。

「貴殿らには黙っておりましたが、わが藩の者も伏せておりました」

内川は言った。

内川も用心していたということだ。それにしても、草薙頼母、どうしたのだ。

内川が去ってから源太郎と京次は改めて不手際を詫びた。

「どのみち、草薙は来る気はなかったのだろう。近くまで来て我らや榛名藩の手の者に気付いたのか、はなから来る気はなかったのかはわからないがな」

「来る気がなかったとしましたら、何故内川殿を呼び出したのでしょうか」

源太郎が問うと、

「内川殿の出方を探るため、いや、そうではないか」

新之助にも理由の特定ができないようだ。

「やはり、用心したのではないでしょうか」

源太郎が言うと、

「ひょっとして」

新之助は顔を曇らせた。

「どうしましたか」

「いや、勘ぐり過ぎかもしれぬが、内川殿の一人芝居ではないかと思ったのだ」

「そりゃ、あり得ますぜ」

京次が賛同した。

「どうして、内川殿がそんなことをする必要があるのですか」

「わからぬ」

新之助は被《かぶ》りを振った。

「ご本人に問うてみましょうか」

源太郎らしい率直な考えだ。

「そうしたところで、認めはしないだろう」

新之助の言う通りである。

「どうすれば……。このままでは、草薙の行方は摑めません。おまけに黒蛇の丹三一味も行方知れずのままです。もっとも、丹三の方は我ら北町の担当ではございませんが」

「焦るな、と申しても無理だな。既に九人もの人が犠牲になっているのだ。今や、手がかりとなるのは内川殿と草薙頼母しかおらん。草薙頼母、何処《いずこ》ぞ」

新之助は呻いた。

すると、鳥居から一人の男が近づいてきた。

「父上」

源太郎は驚きの声を上げた。

源之助は定信の屋敷に草薙を送り届けてから蝮稲荷のことが気にかかった。内川を呼び出したのは草薙ではないことは源之助にはわかっている。とすれば、誰が内川を呼び出したのか。おそらくは黒蛇の丹三に違いない。

蝮稲荷で丹三捕縛の捕物が行われているかもしれない。いや、それならあまりにも簡単過ぎる。丹三という男、極めて狡猾で凶暴である。内川を呼び出せば、当然のこととして張り込みが行われるくらいのことは想定するはずである。

どうにも気にかかった。

源之助は蝮稲荷に向かった。

「蔵間殿、夜分畏れ入ります」

戸惑いながらも新之助は源之助を労《ねぎら》った。

「どうした、捕物は終わったか」

源之助の問いかけに、

「捕物もなにも、草薙は現れませんでした」

新之助が答えた。

「無駄足か」

「そういうことです」

新之助が答えてから、

「父上、やはり、気になったのですか」

源太郎が訊いてきた。

四

「ああ、おまえが蝮に嚙まれておらぬか気にかかった」

源之助は笑い声を上げた。

「父上」

源太郎が顔をしかめると、京次が、

「実は、あっしが蝮にびびりましてね」

と、頭を掻き掻き謝った。

新之助が庇うように、

「どのみち、草薙はやって来なかったと思います」

と、言った。

源之助は何も言わなかった。草薙が来ないことはわかっているが今は黙っていよう。

「徒労に終わりました」

源太郎は肩を叩き、無駄になったことで疲労の度合いが高まったようだ。

「草薙の行方、必ず追います」

意気込む源太郎に、

「草薙よりも、内川殿を調べた方がよいと思うぞ」

源之助は言った。

「やはり、蔵間殿もそう思われますか」

わが意を得たりとばかりに新之助が言った。

内川が財宝を奪ったという考えを草薙に否定されたものの、今回の内川の動きは不自然に思えて仕方がない。

内川が財宝を奪ったかどうかはともかく、動きを見張る必要はあるだろう。それにしても、黒蛇の丹三、どこへ潜伏しているのだ。

「ならば、これにて」

さすがに源之助も疲れた。

弱音は吐きたくはないが、真夜中に歩き回り堪《こた》えてしまった。

「仕切り直しだ」

新之助も気持ちを切り替えたようだ。

「明日、榛名藩邸に行ってみようと思います」

それ以外に手がかりはないと源太郎は言い添えた。

明くる十一日、源之助は星野屋を訪ねた。下男の留吉が主《あるじ》不在の離れ座敷を掃除していた。草薙から留吉にだけは所在を報せるよう言付《ことづ》かっていた。

留吉が廊下の拭き掃除の手を止めたところで、

「草薙殿、築地の白河楽翁さまの御屋敷におられるそうだ」

「ほう、そうですか。なら、安心でごぜえます」

留吉は笑顔を見せた。あばた面に無数の皺が刻まれ好々爺《こうこうや》然とした。

ふと、

「草薙殿とは永い付き合いなのか」

「先生が江戸にいらしてからです」

草薙が江戸に来たのは昨年の夏であった。草薙は当初、神田のお玉が池で塾を開いたそうだ。

「兵学を教えておられたのか」

「そんです」

留吉はうなずいた。

留吉は下男として住み込んだそうだ。身寄り頼りがないということで草薙は同情してくれたという。

ところが塾を開いたのはいいが、門人が集まらなかった。

「そのうち、近所のみなさん相手に先生は軍記講談をなさるようになりましただ」

兵学という難しい学問ではなく、戦国や源平合戦を面白おかしく語るようになったそうだ。すると、話が面白いということで人が集まりだした。

そのうち、子供たちに手習いを教えるようになり、日々の暮らしを立てられるようになったのだそうだ。

「そんでも、先生は満足しておられなかったです。いつも、兵学書を読んでおられて、ご自分なりの兵学を究めようとしておられたのです」

やはり、草薙頼母という男の生真面目な兵学者ぶりがわかる。

「しばらくは、平穏に暮らしておりましただが」

留吉は言葉を止めた。遠くを見るような目になった。

「榛名一揆のことを聞いたのだな」

源之助が問いかけると、

「そうですだ。一揆を聞き、先生は心を動かされたでしょうが、それでも、すぐには行こうとはなさいませんでしただ。それが、軍記物の講談を聞きに来るみなさんから、一揆が砦に籠ったから、先生ならどうやって戦うか訊かれるようになったんですわ」

草薙は砦に籠っての戦いをあたかも戦国の世の籠城戦に見立てて語るうちに熱くなったという。

そして、ついに榛名砦に行く決心をした。

「先生はわしには、来ることはねえって、いくらか銭をくれました」

草薙は塾を引き払い、蓄えの大半を留吉に渡してくれたそうだ。

「でも、わしも先生について行くと頼みましただ」

なんと、留吉も榛名砦に向かったのだそうだ。

「もちろん、先生は命を失うから来てはならぬとお断わりになりました。ほんでも、わしは身寄り頼りはねえですし、このまま生きながらえるのもなんだしと、先生のそばにいてえって、無理に連れて行ってもらったです」

留吉は言った。

「そうだったのか」

留吉の当時の心境が手に取るようにわかる。

「先生は連れて行ってくだせえました。わしも、生きて帰ることができるなんて思ってもいなかったです」

「榛名砦は過酷であっただろうな」

訊《たず》ねてから酷いことを思い出させてしまうと悔いた。

「そりゃ、もう」

留吉の目が悲し気に揺れた。きっと、地獄の様相を目《ま》の当たりにしたのだろう。

「すまぬ、辛いことを思い出させてしまった」

「いんや、わしは申しわけねえことに、砦の奥の安全な場所におりましたでな。矢弾《やだま》が飛んでくることはねえです。ほんでも、いつ、敵が攻め込んで来るのかと思うと、おちおち寝てもおれませんでした」

留吉は草薙の身の周りの世話ばかりか、砦に詰める者の食事を作ったり、繕《つくろ》い物をしたりしたそうだ。

今は思い出話となっているが、還暦を過ぎた老体には過酷な日々だったことだろう。

「怖いことは怖かっただが、ほんでも、先生のそばにおると安堵したもんです」

留吉は言った。

ふと、

「砦に隠されていたという盗人の財宝を知っておるのか」

「はあ、そんなお宝がありましたな」

留吉は関心なさそうだ。

「行方がわからなくなっておるようだぞ」

「一揆で混乱してましたでな。ほんでも、先生はそんなもんには目もくれませんでした。榛名藩のみなさまにお任せになったのではないですかな」

やはり、そのようだ。

「盗人一味らしき者、見なかったか」

期待することもなく問いかけた。

するとﾞ、

「ひょっとして」

留吉は何かを思い出すかのように遠い目をした。

「どうした」

つい意気込んでしまった。

「いや、わしと一緒に砦の奥で下働きをしておった連中の中に、怪しい男たちがおりましただ」

男たちは夜になると、砦の中をうろうろと歩き回っていたという。

黒蛇の丹三一味であろうか。

「お宝がどんなもんか、知りませんが、先生は民百姓のために役立ったことが何よりもうれしそうでした。わしは先生がご無事なことが一番の喜びですだ」

留吉は言った。

「ならば、白河楽翁さまの御屋敷に行けば、会うことができるぞ」

「ありがとうごぜえます」

留吉は頭を下げた。

ふと、

「ところで、三浦藩の袴田左衛門殿、近頃は顔を出すか」

袴田のことが思い出された。

「ええ、よほど、先生のことを慕っておられるんですかな」

時折、袴田はやって来るそうだ。

と、思っていると、噂をすれば影、袴田がやって来た。

「蔵間殿、ここにおられましたか」

鼻の右脇にある黒子が微妙に震えた。

言っていたように袴田は居眠り番に立ち寄り、源之助がいないためここに足を延ばしたのだそうだ。諦めが悪いと言っては申しわけないような気になってしまう。しかし、袴田に草薙の所在を教えるわけにはいかない。

「未だ、見つかりませんぞ」

源之助は言った。

「そうですか」

袴田はがっくりとうなだれた。

「諦めた方がいいですぞ」

「いいえ、諦めませぬ」

強く袴田は首を横に振った。

「では、また出直して来られよ」

無駄足とわかりつつもそう言うしかない。

「わかりました」

めげることなく袴田は答えてから去って行った。

気の毒な気もしたがやむをえまい。

源之助は袴田の背中に詫びの意味を込めて両手を合わせた。

しかし、黒蛇の丹三一味の行方がわからない限り事件は解決しないのだ。

とりあえず居眠り番に戻ることにした。


「けっ、町方もだらしねえぜ」

袴田から素《す》に戻った丹三は石ころを蹴飛ばした。星野屋の離れ座敷を振り返る。

「草薙一人見つけられねえんじゃ、おれさまを捕まえることは夢物語だぜ」

丹三は大きく伸びをした。

五

その頃、矢作兵庫助は黒蛇の丹三の行方がわからず悶々とした日々を送っていた。

どうしても行方がわからない。

わからない最大の理由は丹三の容貌がはっきりしないことだ。八州廻りが捕らえた丹三の手下の証言が曖昧だからである。

山賊のような風貌であったという者もあれば、歌舞伎役者のような男前であったと証言する者もあった。あるいは、ごくごくどこにでもいるような平凡な男という者もあり、人相書きの作成のしようがなかった。

このため、矢作ばかりか火付盗賊改も八州廻りも行方を摑めずに苦労しているのだ。とうとうしびれを切らした上層部は片っ端から賭場の摘発を行い、捕らえた博徒《ばくと》に丹三一味が紛れていることを期待しての行動であったが、それとても限界があるどころか、無謀であった。

行き当たりばったりに賭場を摘発したところで、丹三一味が紛れているなどという保証はないのである。

そんな思いを抱きながら、矢作は北町奉行所の居眠り番を覗いた。

「まあ、そう、腐るな」

源之助は矢作の不平不満を聞きながら慰めた。

「でもな、あまりにずさんなんだよ」

矢作は憤っている。

「そう言うな」

源之助が宥《なぐさ》めても矢作の怒りは収まらない。

「でもな、親父殿、手当たり次第賭場を摘発しろとはいかにも、いい加減だろう」

矢作の不満ももっともだ。

「そう、怒るな、たとえ、丹三一味の尻尾が摑めなくともだ、賭場が摘発されればいいことではないか」

源之助の慰めもなんのその、

「そうかもしれん。だがな、これでは丹三一味の捕縛だか、賭場の摘発だかわからんぞ」

矢作は床を拳で叩いた。

「おい、そう、怒るな」

源之助に宥《なだ》められ、さすがに気が差したようで、すまんと頭を下げた。

源之助は茶を淹《い》れてやり、落ち着けと言ったところで、

「で、今回の総指揮を執っておられるのは関東郡代望月次郎三郎さまであったな」

「そうだ」

矢作の言葉はこの男にしては妙に曇っている。いかにも不満とわだかまりを感じさせた。

「どうした」

「いや」

「おまえらしくないな、何か含むものがあるのなら、はっきりと言え」

「これはな、他言ができんのだが、望月さまはお飾り、実際に指示を下しておられるのは白河楽翁さまという噂だ」

矢作は言った。

「なるほど、定信公か」

いかにも定信ならやりかねない。それどころかいかにも定信らしい。松平定信は贅《ぜい》沢《たく》華《か》美《び》を憎み、質素倹約を奨励した。その背後には武士は清廉潔癖《せいれんけっぺき》でなくてはならな

いという考えがある。昨今の拝金主義を憎んでおり、武士が金儲けに奔《はし》ることを毛嫌いしている。定信は丹三一味捕縛という名目の下、武家屋敷で行われている賭場を摘発しようとしているのではないか。

「これではな、丹三一味捕縛に名を借りて定信公の理想を実現させるようなものだぞ」

矢作は憤《いきどお》った。

「まあ、そう、怒るな。どのみち、賭場が摘発されればいいではないか」

つい、松平定信と知己《ちき》を得たことで定信を庇ってしまう。別に定信に媚びているわけではない。

「親父殿とてわかっているだろう。武家屋敷の賭場を摘発したって、博徒どもは寺や神社に潜り込むだけだ」

矢作はいくら切れ者の定信とて、雲の上の人であるから下々《しもじも》のことはわからないのだと揶揄した。

「そう言うな」

「おれはな、丹三をお縄にしたいんだよ」

矢作はむきになった。

ふと、

「おまえ、持ち場は本所だと言ったな」

「そうだよ」

矢作は不満たらたらである。

「榛名藩下屋敷は摘発したのか」

「いや」

矢作は首を横に振った。

「調べてみてはどうだ」

「丹三一味が榛名藩の下屋敷に潜んでいるというのか」

「そうだ」

「そんな馬鹿な……。とはいえんか。こりゃ、案外当たりかもしれんぞ」

面白いと矢作はうれしそうな顔をした。

「そうと決まれば、善は急げだ。今夜にも行くぞ」

「なんだ、親父殿も行くのか」

「ああ、血が騒いできた」

源之助が気持ちを高ぶらせたところで、矢作は冷静になった。

「親父殿、面白い所に目をつけたとは思うが、丹三一味が榛名砦に財宝を隠していたとすると、榛名藩は奴らを敬遠するはずだ。匿《かくま》うはずがない」

矢作の疑問はもっともだ。

「だから、当たってみようではないか。灯台下《もと》暗しというし、ひょっとして瓢簞《ひょうたん》から駒ということになるかもしれん」

「探ることに異論はないが、親父殿、どうした、何か勘働きでもあるのか」

矢作は身を乗り出した。

「根拠があるわけではない。どうしても捨てきれない疑問があるだけだ」

「なんだ」

「榛名藩は丹三の盗品を本当に知らなかったのかということだ」

「まさか、榛名藩は丹三一味とぐるだったと親父殿は考えているのか」

「なんの根拠もない。妄想だ。八丁堀同心としては失格の妄想だ。でもな、わたしはこれまで自分の勘に助けられてきた。もちろん、頼ってきたわけではない。いわば、経験によってどうにもならない事件に解決の目処《めど》が立たなくなった時に、自暴自棄で拠りどころとしたのが勘だ。別に誇ることではなく、むしろ源太郎には勘に頼るなと戒《いまし》めているくらいだがな」

源之助は言った。

「おれもわかるぜ」

「おまえは、勘ばかりだろう」

「そりゃそうだ」

矢作は照れ笑いを浮かべた。

「ま、そんなことはいい。それよりもわたしの勘に付き合うか」

「付き合うとも」

矢作は胸を叩いた。

思いもかけないことである。矢作が来るまでは思ってもいなかった。丹三一味が榛名藩と繋がっているなど。しかし、あり得ない話ではない。それどころか、榛名藩に匿われていたのなら、丹三一味の行方がわからないということもうなずけるではないか。

これはいけるかもしれんぞ。

源之助は思った。

「さすがは、蔵間源之助だな。しかし、よくもそんなことを思いついたものだ」

「勘だと言っただろう」

「勘の拠《よ》り所はなんだ」

「逆立ちだな」

源之助は逆立ちをして見せた。横で矢作はぼんやりとしている。

「おまえもやってみろ」

矢作を逆さに見ながら言った。

「おれはいいよ」

「できないのか」

源之助にからかわれ、

「馬鹿にするな」

両手に唾を吐きかけ、矢作は両手を床についた。せえのという掛け声と共に、勢いよく両足を跳ね上げた。

牛のような身体が逆さに突っ立った。

しばらく顔を真っ赤にして唸っていたが、やがてどうと倒れた。倒れた拍子に書棚に両足が当たり、書棚は大きな音と共に倒れた。名簿が散乱した。

「こら」

源之助が怒ると、矢作はすまんすまんと謝りながら名簿を書棚へと戻した。

六

源之助と矢作は本所吾妻橋《あづまばし》のほど近くにある榛名藩の下屋敷へとやって来た。

夜半とあって周辺の人通りはまばらだ。裏門の番士に向かって源之助が素性を名乗り、

「馬廻り役内川弥太郎殿とは懇意にしていただいております。ちょっと、その、こっちの方を遊びにまいった」

源之助が内川の名前を出したところであっさりと入れてもらうことができた。矢作も堂々と中に入る。二人は裏手にある番小屋へと向かった。

番小屋に入る。

小上がりで金を札に替えた。

しかし、賭場といっても、拍子抜けするほどのこぢんまりとしたものだった。中《ちゅう》間《げん》小屋で行われているささやかな賭場で、客も中間たちと近所のやくざ者といった風だ。商人風の男たちが混じっているのは、榛名藩に出入りしているからだろうか。

矢作が、

「みな、常連客か」

などと賭場を仕切っている博徒に訊いた。

「旦那、勘弁してくださいよ」

博徒は矢作が八丁堀同心ということで警戒した。

「摘発じゃない」

「また、そんなことおっしゃって」

博徒は上目遣いとなった。

「摘発じゃない」

「そんなことおっしゃって、このところ、武家屋敷で賭場の摘発をやっていらっしゃるじゃござんせんか」

博徒は言った。

「そうさ。摘発はある。でもな、いつ摘発するかを知ることができれば対応できるだろう」

「本当ですかい。そりゃ、ありがてえが」

博徒は、矢作が袖の下でも要求するものだと思ったようだ。

「金なんかいらねえよ。それよりな、ちと教えてもらいたいんだ」

矢作は声を潜ませた。

「なんです」

「黒蛇の丹三一味、この賭場に出入りしているんじゃないか」

矢作の問いかけに博徒は目を白黒させた。

「どうなんだ」

「し、知りませんよ」

博徒は頭《かぶり》を振る。

「そんなことはないだろう」

「知りませんて」

博徒は腰を浮かした。

「まあ、待てよ」

矢作は博徒の腕を摑んだ。

「勘弁してくださいって。そんな盗人なんて来てませんよ。みんな、真面目な人たちばかりなんですから」

「真面目な人間が博打なんか打つか」

「そりゃそうですけど、見てくださいよ。みんな、しけた張り方しかしてないじゃござんせんか」

博徒が言うように、この賭場は鉄火場という雰囲気ではない。なんとなく、ゆるやかというか和んだ様子であった。

「こら、見込み違いかな」

矢作は源之助に聞いた。

「まだ、諦めるな」

源之助は言った。

しかし、黒蛇の丹三一味の行方は知れない。榛名藩が匿っているとはいかにも安易な考えであったのだろうか。

自分の迂闊な行動に源之助は落ち込んだ。


源之助と矢作が居なくなってから、奥の襖が開いた。丹三が賭場に入って来た。今日は武家姿ではなく黒子《ほくろ》もつけていない。縞柄《しまがら》の小袖に膝まである長羽織を重ねていた。煙管《キセル》を横咥えにして帳場まで歩いて来ると、どっかとあぐらをかいた。続いて妙吉もやって来た。

源之助と矢作の相手をしていた博徒に丹三が、

「駄賃だぜ」

と、一両を渡した。博徒は両手で押しいただくようにして受け取った。

「ここに目をつけるとはさすがは蔵間ですね」

妙吉が言った。

「目の付け所はよかったが、尻尾は摑まれちゃいねえ。だが、油断するな。なに、草薙が見つかるまでだ。草薙をばらしたら、江戸からおさらばだ」

丹三は紫煙を吐き出した。

妙吉が煙を見て、

「内川さま、草薙から呼び出しがあったって言って、町方を煙に巻いたそうですぜ」

「内川さま、一連の殺しの黒幕には草薙がいるって町方の頭に刷り込むつもりだったんだろうが、蔵間の目をくらませはしねえだろうな」

舌打ちを丹三はした。

「いっそ、蔵間もやっちまいますか。草薙からの呼び出し状でもこさえれば、おびき出せますぜ」

「蔵間を殺すのは草薙のあとだ。草薙の行方がわからねえうちは生かしておくさ。草薙は蔵間を頼るに違いねえからな」

どれ、おれも遊ぶかと丹三は賭場に向かった。

翌十二日、源之助は気落ちしながらも、居眠り番に出仕しようと八丁堀の組屋敷を出た。ふと、筆頭同心緒方小五郎のことが気にかかった。緒方は昨日も出仕していなかった。源太郎の話では病《やまい》が重いようだ。

余計な負担をかけるかもしれないが見舞いをしようと思い立った。

寝間に通された。

緒方は寝床で半身を起こしていた。源之助を見ると軽く一礼した。弱々しい笑みである。顔色はなく、かさかさの頰がいかにも病に冒されていることを物語っている。寝巻の袖口から覗く腕は枯れ木のようだ。

「寝ておられよ」

源之助が声をかけると、

「お気遣いなく。今朝は気分がよいのです」

緒方は言った。

源之助はうなずくと労《いたわ》りの言葉を投げかけた。

「蔵間殿と違い、わたしは身体が弱い。鍛え方が足りぬのでしょうな」

「鍛えておっても病にはかかります。それよりも、今は平癒されることに専念された方がよろしいと存ずる」

「わたしはもう職場に復帰することはできませぬ」

「弱気なことを申されるな」

「現実のことを申しております」

言った途端に緒方はせき込んだ。源之助は背後に回って緒方の背中をさすった。緒方は感謝の言葉を告げるのも億劫《おっくう》そうだ。咳《せき》が止まってから、

「牧村には申したのですが」

と、改めて源之助に向いた。

源之助は緒方の言葉を受け止めるようにして両手を膝に置いた。

「蔵間殿、筆頭同心に復帰してくださらぬか」

「源太郎から聞きました。しかし、わたしは今のままでよいと思っております」

源之助は静かに返した。

「しかし、こう申してはなんですが、勿体《もったい》ない。蔵間源之助が埋まったままでよいとは思えません」

緒方は話を続けた。

「いや、わたしは今のままでよいと存ずる。気楽な立場と申せば、無責任と受け止められるかもしれませぬが、わたしは今の居眠り番でいいと思います」

穏やかに語ると、

「なんとなくわかる気がします。わたしも、病になったからかもしれませんが、このまま穏やかに過ごせたらと存じます。しかし、わたしは無責任ですな。目下《もっか》、大変な殺しの探索が行われているというのに、わたし一人このように寝ているなど」

緒方の顔に自嘲気味な笑みが浮かんだ。

「事件のことは考えられますな」

「ですが、そういうわけにも」

「八丁堀同心の性《さが》というものでしょうが、思い切って若い者に任せるのも仕事のうちと考えられよ」

源之助は言った。

「そうですな」

緒方はうなずく。

「では、これにて。十分にお身体を労られよ」

「かたじけない」

緒方は軽く頭を下げた。

庭に咲く桜はあらかた散っている。残花を、緒方は慈しむような眼差しで見つめていた。その姿が源之助には寂しかった。

第五章　藪蛇《やぶへび》の捕物

一

昼近く、居眠り番に出仕すると思いもかけない人物の訪問を受けた。

内川弥太郎である。

源之助は手狭な所ですがと中に招き入れた。袴田とは違って、内川は落ち着いた所作で源之助の前に座った。

「ご子息や北町の方々にご足労をおかけした」

内川は源太郎と新之助にも会って来たのだそうだ。二人にも無駄足になったことを詫びてきたという。

「我らは無駄足とは思っておりませぬ。それよりも、内川殿の意図が知りたい。内川殿、腹を割ってくだされ」

　源之助は言った。

　だが内川は源之助の問いかけには答えず、

「昨晩、当家の下屋敷においでになりましたな」

　問いかけを返してきた。

　無断で内川の名前を使って下屋敷の賭場に出入りした以上、否定することはできない。内川の訪問はそれを咎めるためだろうか。

「勝手に内川殿の名前を使わせてもらいました」

　頭を下げると、

「お楽しみ、いただけましたかな」

　内川は怒っていなかった。ただ、笑みを浮かべたが目は笑っていない。源之助が賭場で黒蛇の丹三を探していたことは内川の耳に入っただろう。源之助が榛名藩と丹三が繋がっていると疑ったことに警戒心を呼び起こしたに違いない。

「楽しめませんでしたな」

　無遠慮に源之助は答えた。

「ほほう、期待外れということですな」

楽しめなかったの意味を、丹三を見つけられなかったことだと内川は受け止めたようだ。

「いや、満更期待外れではありませんな。こうして内川殿が訪ねて来てくださったのですから」

源之助が言うと、

「なるほど、さすがは蔵間殿だ。狙いは二重三重、わたしの訪問こそが目的であったということですか」

内川は頰を綻《ほころ》ばせた。

「お話しくださりませんか。内川殿、一連の殺しをどう思われる。黒蛇の丹三一味、どこに潜んでいるか、内川殿なら見当をつけておられるのではござりませぬか」

踏み込んだ問いかけをすると、内川は表情を引き締め、

「拙者の考えを申しましょう。証《あかし》があるわけではござらんゆえ、確かではござらんが」

前置きをした。

それで構わないというように源之助はうなずく。

「わたしは、草薙頼母という男に不審を抱いております」

「草薙殿が財宝を奪ったとお考えか。そして、一連の殺しの黒幕であると」

「一連の殺しの黒幕であると考えておりますが、それに加えて大きな疑念をあの者には抱いております」

なんとも謎めいた物言いを内川はした。

思わせぶりな内川の態度に多少の苛立ちを覚えながら、

「どういうことですか」

「草薙頼母こそが黒蛇の丹三、いや、丹三の一番の手下ではと疑っておるのです」

「はあ……」

予想外の言葉である。

もちろん内川が冗談を言っているわけではないことは、真剣な眼差しからはっきりとわかる。

黙って、話の先を促す。

「以前、源太郎殿には申したのですが、わたしは榛名砦に何度か足を運び、一揆側と交渉を重ねました。その際、草薙も出てまいりました。交渉の席上、草薙は自分の考えというものを話すことはござらなかった。それを策士ゆえの所業とは思えませんでした。ところが、ある時、わたしは妙な光景を目にしたのです」

内川は交渉の場から立ち去ろうとした時、ふと、小用に立った。すると、

「草薙と年老いた下男がやり取りをしていたのですが」

下男とは留吉であろう。

「草薙は下男に対して、非常に丁寧な言葉を使っておりました」

「それは草薙殿の人柄でござりましょう。目下《めした》の者にも居丈高《いたけだか》になることなく、辞を低くして接するということではないですかな」

源之助は言った。

「そうは思えませんでしたな。草薙は下男に教えを乞うようにしておりました。下男の指図を受けるようであったのです」

「なんと」

源之助の脳裏に草薙と留吉の顔がぐるぐると回った。星野屋の裏庭で草むしりをする留吉の姿が浮かんでは消える。あばた面で小柄、貧相な容貌ながら働き者の留吉は農夫のようだ。身寄り頼りなく草薙に感謝して仕える年寄りに過ぎない。

そんな留吉像が崩れてゆく。

一方で草薙頼母という若者に抱いていた違和感はなくなり、一人の人物として実を結んだ。

草薙に対する違和感、それは好青年そのものの草薙と軍師という策を巡らすことの黒さとが結びつかなかったのだ。平時と戦時では見せる顔がまったく違うのだということではと自分を納得させていた。しかし、それでも、草薙と軍師が結びついてはいなかった。

「わたしは、砦での草薙と下男のやり取りを思い出し、草薙は傀儡《かいらい》に過ぎないと考えるに及んだのです。実質、草薙を操っているのは下男のふりをしておる男、そして、下男こそが黒蛇の丹三」

黒蛇の丹三は手下である草薙を引き連れて財宝を奪還せんと、榛名砦に乗り込んだに違いないと内川は断じた。

「わたしの考えでござる」

内川は言った。

草薙と軍師が結びつかない以上に、留吉と凶悪なる盗人黒蛇の丹三が重ならない。

「俄《にわ》かには信じられませぬな」

「無理からぬこと」

「しかし、草薙頼母と留吉、あ、いや、下男のことですが、留吉は一揆が終わるまでは砦から脱しませんでしたぞ。二人が黒蛇の丹三とその一味であるのなら、財宝を奪ってさっさと砦を去るのではござりませぬか」

「砦は三万の軍勢が十重二十重《とえはたえ》に囲んでおったのです。二人が逃げ出すことなどとてもできなかった。二人が逃げ出そうとすれば、我ら討伐軍ばかりか一揆勢も黙ってはいなかったでしょうな」

「なるほど」

砦にいたわけではないので判断できないが、内川の言い分はもっともだ。二人が砦から脱出できなかったとしても、最後まで戦い抜いたのは盗人の所業とは思えない。

「一揆勢は三万の討伐軍を相手に四月《よつき》も持ち堪《こた》えたのですぞ。ひとえに草薙殿の軍略によるものでござりましょう。軍略を立てることなど、兵学の素人ができるはずはござらん」

「それはそうだが。黒蛇の丹三という男、前半生はよくわかっておりませぬ。ひょっとしたら、兵学を学んでおったのかもしれぬ。元は武士であったという噂もある」

臆することなく内川は答えたが、どうも違和感がする。

「憶測に過ぎないのではござりませぬか。どうも無理やりのような気がする」

源之助に指摘され、

「ともかく、わたしは草薙と下男こそが黒蛇の丹三一味であると考えております」

念押しするように、内川は繰り返した。

賛同はできない。

「内川殿のお考えはわかったが、草薙殿に呼び出されたというのはまことでござりますか」

草薙は松平定信の下屋敷に匿われていることは伏せた。蝮稲荷のことは、内川の一人芝居としか思えないのだ。

「まこと、草薙の名で文が届きました。わたしは、草薙がなんのためにわたしに会いたいのかわかりませんでしたが、会わずにはおかれないと思った。草薙、すなわち黒蛇の丹三が交渉を持ち掛けてきたのだと考えて、蝮稲荷に向かったのでござる」

「財宝はどうなのですか。今は榛名藩にあるのではないのですか」

視線を凝らし源之助は問いかけた。

内川は答えないと思いきや、

「いかにも」

あっさりと認めた。

「ならば、何故、財宝は奪い去られたとおっしゃられたのですか。そして丹三と何を交渉しようとしておられたのですか」

「財宝の全てではなく、一部を丹三は持ち去ったのです。持ち去ったのは、我が榛名藩の藩祖重正《しげまさ》公に下賜された神君家康《いえやす》公の鑓《やり》でござります。その鑓、榛名城の宝物庫に所蔵しておりましたが、一揆が起きる直前に丹三一味に盗み出されました。丹三は他の盗品同様に鑓も砦に秘匿しておったのです。神君家康公御下賜の鑓は榛名藩村上家の家宝、その鑓が失われたとわかれば、村上家はお取り潰しになる」

逆にいえばこの鑓があるがゆえに、減封ということですんだのだそうだ。

取ってつけたような話に思える。

神君家康公下賜の鑓が榛名藩村上家にあるなど聞いたこともない。降って湧いたような話で、眉唾《まゆつば》ものだ。

留吉が黒蛇の丹三だという話といい、内川は自分を翻弄《ほんろう》しようとしているのか。草薙ことと丹三と会うために蝮稲荷に出かけたことを誤魔化そうとしているのではないのか。

「なるほど、鑓なれば、砦から持ち去ったとしても怪しみを持って見られることはござらんな」

疑問を抱きつつも源之助は内川に話を合わせた。

定信に確かめればわかることだ。定信ならば榛名藩村上家に神君家康公の鑓が宝物として伝承されているかどうか知っているだろう。

内川は源之助が松平定信と繋がっていることを知らないから、平気で法螺話《ほらばなし》をでっち上げたとも取れる。

「そういうことでござる。それゆえ、我らは必死で鑓の行方を探った。丹三を見つけ、丹三から鑓を買い戻すためでござる。草薙から文が届いた時には、鑓を持参するもの、もしくは、売値を申し出てくるものとわたしは思いました」

「しかし、丹三からすれば、自分たちの盗品を榛名藩に奪われたと思っておるでしょうから、応じるものでしょうかな」

「拙者は応じると信じました」

「丹三にいくらを渡すおつもりか」

「五千両ですな」

砦に丹三一味が隠していたのは三千両であったと内川は言い添えた。丹三一味が盗みを働いて得た三千両に二千両を上乗せして丹三から買い戻そうということらしい。

「丹三は応じましょうかな」

「応じさせるまで」

内川は強気の姿勢を見せた。

どうも違う気がした。

二

内川の話を受け、源之助は改めて草薙に会おうと松平定信の屋敷へとやって来た。

好天に恵まれ、浴恩園は大勢の文化人、風流人が詰めかけていた。源之助は草薙がいる庭の隅にある小屋へとやって来た。草薙は縁側で空を見上げていた。

前の庭には留吉が草むらに腰を下ろして日向ぼっこをしている。掃除の一休みといった風だ。とても、黒蛇の丹三と子分には見えない。

やはり草薙に会いたく、留吉はこちらに来ていたのだろう。

源之助を見ると、二人とも人の好さそうな笑顔を見せた。

「失礼致す」

源之助は一言断りを入れてから中に足を踏み入れた。

「すっかり、お世話になっております」

物腰丁寧に草薙は応じた。源之助も挨拶を返し縁側に腰かけた。草薙に、

「いかがですか、一局」

と、碁の対局を持ちかけた。

「そうですな」

草薙は座敷に入り、部屋の隅にある碁盤に向かった。

「良き日和《ひより》です。縁側でやりませんか」

源之助の申し出に、

「いいですな」

即座に応じると、草薙は碁盤と碁石を縁側に持って来た。源之助が白番、草薙が黒番で碁を始めた。今日も圧倒的に源之助が優勢のまま対局を進め、圧勝した。これまで通り、草薙は負けても悔しさを見せることなく、朗らかな顔で二局めをやろうと誘ってくる。


春日を受けた草薙は今日も春風のような安らぎをたたえ、軍師特有の陰湿さとは無縁だ。奇想天外な内川の推察を聞いたからではないが、草薙と軍師がどうしても結びつかない。

いくら平時とはいえ軍師たる者、勝負事への執念を持っているものではなかろうか。たとえ碁を遊びと考えているとしても、勝負をするうちに勝利を目指し、負ければ悔しさを募らせるのではないか。

ところが草薙には勝利への執念が微塵も感じられない。負けても平気なばかりか、敗因を分析することもなく少しの向上心もない。春風のような安らぎは草薙の無防備さゆえに抱かせるのだ。

となると、草薙がまことに軍師なのか気になってしまった。

「楽しいですかな」

源之助が問いかけると、

「とても、楽しいです」

てらいもなく草薙は答える。

「悔しくはないですか」

声の調子を落とし、源之助は問いかけた。

「はい」

草薙あっけらかんとしている。源之助は碁石を持つ手を止めて草薙を見詰めた。草薙は源之助の厳しい眼差しに戸惑いの表情を浮かべた。

「勝負事はお好きではないですか」

「はあ……」

源之助が何が訊きたいのか見当もつかないといったように、草薙は首を捻った。源

之助は視線を留吉に移し、

「留吉、そなた一局やらぬか」

と、声をかけた。

「蔵間殿、留吉は碁は打ちませぬ」

草薙の言葉を源之助は無視して、

「留吉、やろうぞ」

もう一度声をかけた。

草むしりの手を止めた留吉は、立ち上がって源之助を見上げた。下男らしい土臭さは消え失せ、あばたも気にならないほどの引き締まった表情となっていた。

草薙がおろおろとし始めた。

「蔵間殿、見破られたか」

留吉は野太い声を発した。

言葉遣いも武家風になった。

「あなたこそ草薙頼母殿ですな」

源之助の問いかけに、

「いいえ。わしは草薙頼母ではない」

やんわりと留吉は否定した。源之助の胸に不満が澱《おり》のように溜まった。この期《ご》に及んでこの男はまだ白《しら》を切るつもりか。往生際《おうじょうぎわ》が悪いぞ、草薙頼母。

それとも、軍師ゆえ策を弄《ろう》しているのか。

留吉は縁側に上がり、正座をした。草薙が黙って脇に寄る。留吉は穏やかな笑みをたたえながら源之助に向き直った。

次いで、源之助の心を見透かすように留吉は言った。

「素性を明かさぬとは卑怯未練とお考えでしょう。言葉足らずで申しわけござらん。わしが否定したのは名前のみ、すなわちわしは草薙頼母ではなく山田《やまだ》留吉と申す」

「山田留吉……」

拍子抜けしてしまった。

平凡というか冴えない名前だ。とても、三万の大軍相手の戦《いくさ》の軍略を立てた軍師とは思えない。名前で人の器量を推し量ることは無意味だ。容貌で判断するのも危険だ。だが、一方で名は体を表すともいう。

眼前の留吉は軍師どころか武士にも見えない。まさしく一介の農夫である。榛名一揆にあっては一揆勢の中の百姓、それも竹槍も持てずにただただ逃げ惑ったであろう足手まといの男としか思えない。

留吉は続けた。

「冴えない風貌に間が抜けた名前……。わしは親を恨んだ」

留吉は備前岡山《びぜんおかやま》藩の藩医の末っ子に生まれた。子だくさんであったゆえこれが最後の子供にしたいと留吉という名をつけられたのだった。幼い頃に疱瘡《ほうそう》を患《わずら》い、顔面にはあばたが残った。生来、身体が弱く武芸に見込みはなかった。学問に励んで医者の道を歩んだが、次第に兵学に興味を持った。

「ひ弱ゆえ鑓働きではなく、戦の駆け引きというものに惹《ひ》かれ、夢中になってしまいました」

二十歳の頃、備前を出て京《きょう》、大坂《おおさか》で兵学を学んだ。名の知れたいくつもの兵学塾で学び、いずれにおいても首席であった。当然のこと、どこかの大名家から仕官がかかることを期待した。

事実、席を置く兵学塾には幾人もの大名家の家臣が訪れた。

「しかし、わしの容貌を見た途端、みな、言い訳を並べ立てて召し抱えようとはしなかった」

留吉は淡々と答えたが、いかにも無念さを漂わせていた。大名家が兵学者を召し抱える目的は、何も本気で軍略を学ぼうというのではない。そんなことをすれば、幕府から謀反《むほん》を疑われる。兵学者を招くのは、あくまで武士としての学問、教養を身に付けるためだ。藩主や重臣たちに兵学を学ばせるためだ。藩主の前に出るとあって、深い兵学の知識に加えて容姿が重視された。

そのため、山田留吉の高名を聞いて仕官を勧《すす》めにやって来た者たちは容貌を目《ま》の当たりにして二の足を踏み、採用しなかったのである。

「わしは己が容貌のせいで召し抱えられないと信じたくはなく、必死で学問を重ねました」

全国の古戦場を歩き軍略を練った。

「そんなことをしているうちに、いつの間にか歳ばかりを重ねるようになりました」

かといって兵学を捨てたくはなく、江戸に出て兵学塾を構えるようになった。そんなある日、弟子として入門してきたのが草薙頼母であった。草薙は改易《かいえき》された相模厚木藩《さがみあつぎ》の家老の家に生まれた。育ちの良さが身体《からだ》中から滲み出ている若者だった。おまけに誠実で真面目、留吉は自分が学び取った兵学を草薙に伝えようと思った。

「わしは兵学塾で生涯を終えるつもりでありました。昨年の秋までは……」

「ところが、榛名一揆が起きたわけですな」

源之助の問いかけに、

「齢《よわい》六十二を重ね、歳甲斐《としがい》もなくわしは興奮しました」

兵学者として培《つちか》ってきた学問を試したい衝動に駆られた。この時のために自分は生きてきたのだ、学問を積んできたのだと痛感した。出世、仕官などどうでもいい。己が軍略を存分に発揮したい。

「一揆勢が籠る榛名砦に出向こうと思った。しかしいかんせん、この風貌です。平時にあってさえ召し抱えられなかったわし、一揆という有事に、いくら兵学を語ろうがこんな老いぼれが受け入れられるとは思えなかった。そこで、草薙頼母を兵学者とし、わしは下僕として乗り込もうと思い至ったのです」

留吉は言った。

さすがは軍師というべきか。

山田留吉は、眉目秀麗《びもくしゅうれい》、しかも草薙頼母といういかにも軍師らしい名前を持つ若者を兵学者に仕立て、自分は下僕として砦に入った。軍略を草薙に授け、軍師草薙頼母として振る舞わせたのだ。

留吉は草薙に向き、

「頼母、よくやってくれたな。老いぼれの夢に付き合ってくれ感謝しておるぞ」

草薙はうつむいて肩を震わせていた。

「夢を叶えてくれたわけではござらん。頼母はわしの身代わりを買って出てくれたのです」

榛名砦から出て江戸に戻ると、周囲に不穏な空気を感じた。鎮撫組と三浦藩を称する侍たちに命を狙われるようになった。襲われる背景には黒蛇の丹三一味なる盗人が榛名砦に隠した財宝が絡んでいるらしい。

頼母は師匠のために、引き続き名軍師であることを騙《かた》り続けることにしたのだとか。

「よくわかりました」

源之助は師弟の絆《きずな》を思った。

「わたしでできることはこんな程度にしか過ぎないのです」

面《おもて》を上げた草薙の目は涙で潤んでいた。

「よくやってくれた。もうよい、全てはわしの我儘《わがまま》で起きたことだ。わしが己が技量を試してみたいなどという我儘を抱かなければ、このような争いは起きなかった。責任はわしにあるのだ」

留吉は自嘲気味な笑みを顔に貼り付かせた。

「先生は百姓たちのために戦いました。それは紛《まぎ》れもない事実でございます。百姓たちは心底、感謝しておりました」

小袖の袖口で涙を拭い、草薙は言った。

「合戦で死者が出るのはやむなし。しかし、平穏な暮らしに戻り、九人もの命が失われたのは辛い」

悔恨の念を抱く留吉に、

「先生はわたしが身代わりになったことに感謝され、尚且《なおか》つ申しわけなく思っておられますが、江戸に戻ってからのわたしは名軍師だと持ち上げられ、周りからちやほやされることを楽しむようになっておりました」

草薙は両手を膝に置き、留吉に頭を下げた。

己が所業を詫びる弟子を、留吉は包み込むような笑みで受け止め、

「しかし、そなたはわしの身代わりとなって、敵の目を欺いたではないか」

草薙は黒蛇の丹三一味の追及から留吉をそらすため、自らの意志で行方をくらましたのだった。

源之助は留吉と草薙を交互に見て、

「争いを終えねばなりません。これ以上の無用の血を流してはならないのです。それには、黒蛇の丹三一味を捕縛することが不可欠です。ところが、奴らの所在が知れま

せぬ。わたしは、丹三一味と内川弥太郎殿が関係を持っていると思っております」

「何故でございますか」

留吉の問いかけに、

「内川殿、草薙頼母から蝮稲荷への呼び出しの文が届いたとか、留吉こそが黒蛇の丹三だとか、揚句の果てには神君家康公下賜の鐺が榛名藩伝来の家宝であり、その鐺を丹三が榛名砦から持ち去ったと法螺話を聞かせる始末です」

「それはいかにも怪しいですね」

草薙が応じた。

留吉は黙って思案している。

三

「そもそも、黒蛇の丹三、何故、九人もの人間を殺したのでしょうな」

改めて留吉が疑問を投げかけた。

「榛名砦に秘匿しておいたお宝を取り戻そうとしてではないのですか」

源之助が答えると、

「どうも違うように思えますな」

留吉は腕組みをした。

「その根拠は」

「砦から去る時、本丸曲輪の枯れ井戸には確かに財宝はありました。千両箱が三つ、その他に書画、骨董《こっとう》の類《たぐい》でござる。わしはしかとこの目で確かめました」

留吉が言ったところで、

「わたしも確認しております」

草薙も強い調子で言った。

一揆側では草薙と留吉が最後に砦をあとにした。したがって、一揆側が持ち去ったことはない。

「しかるに、白石主水、武藤省吾、飯尾純一郎、笹野平蔵といった一揆側に立った者、また、砂山虎之助、宮田寛治郎、佐藤宗輔、中村兵五郎、矢野重次郎といった鎮撫組の者も殺されました」

留吉はそれがおかしいと言った。

「殺された方々がお宝の行方を知っていると思ってのことではござらぬか」

「それにしては、あっさりと殺しております。財宝の行方を知りたいのなら口を割らせるはず。いきなり殺したりはしないでしょう。殺された者たちは拷問を加えられておりましたかな」

「いや、めった斬りにはされておったとのことですが、拷問の痕はなかったでしょうな。あれば、わたしの耳に入っております」

「ということは、やはりおかしい。丹三一味は殺すための殺しをやっているような……」

留吉は言葉を止めた。

「財宝の行方を丹三一味は知っているということですか」

源之助も胸が騒いだ。

「そう考えるべきでしょうな」

「ということは、殺したわけは」

明確な答えが得られず、源之助は言葉を止めた。

「蔵間殿がお疑いの内川弥太郎殿と丹三を結びつけてお考えになれば」

源之助を導くかのような留吉の問いかけである。次第に源之助の脳裏に形が作られた。

「そうか」

思わず手を打った。

留吉がうなずく。

「やはり、丹三と内川は手を組んでいたのですな。丹三一味が盗んだお宝を榛名砦に隠していたことは、内川も承知のことだった。内川が榛名砦に籠る一揆勢との交渉役を担《にな》ったのは、廃棄されていた砦の管理を任されていたからです。内川は丹三一味と手を組み、榛名砦を盗品の隠し場所としていた。ところが、思いもかけず一揆が起き、一揆勢が砦に立て籠ってしまった。幸い、一揆側は財宝には手をつけなかったが、財宝は内川と丹三一味以外にも知るところとなった」

源之助はここまで語ると口を閉ざし、間違いないか留吉を見た。留吉は源之助の言葉を引き取り、

「知ったのは我ら一揆勢の指揮を執る者と榛名藩では内川の他は交渉にやって来た四人、一揆落着後には鎮撫組と称した五人。内川は鎮撫組の者たちには、財宝は草薙たちが持ち去ったと言ったのでしょう」

「欲に目が眩《くら》んだ砂山たち五人は鎮撫組と称して、草薙殿たちから財宝を奪い返そうとしたのですな。藩にはあくまで五人を成敗すると持ち掛け、鎮撫組を編成したのでしょう。そして内川は丹三と共に財宝をわが物とするため、口封じに出たのです。そ

れが今回の一連の殺しの真相でありましょう」

結論づけた源之助に、留吉も首肯《しゅこう》した。

草薙も異存がなさそうだ。但し、内川への怒りが凄まじく、

「汚い。実に汚い」

盛んに内川への悪態を吐いた。

「これ、その辺にしておけ」

留吉に戒《いまし》められ、草薙は居住まいを正した。

「内川と丹三が手を組んでいるとしますと、丹三一味はやはり榛名藩の下屋敷に匿われていると考えてよろしいでしょうか」

源之助は下屋敷の賭場を覗いたことを話し、

「調べが足りなかったと思います」

後悔したが遅い。

「町方、火付盗賊改、八州廻りが追っていても行方が摑めないとは、榛名藩の下屋敷に潜んでいるとわしとても考えたくなります。それと、もう一つ気になることがありますぞ」

留吉は言った。

期待の籠った目で源之助は留吉を見詰めた。

「草薙に弟子入りを志願してきた男です」

「ああ、三浦藩の袴田左衛門殿ですな。諦めの悪いご仁だ」

源之助が失笑を漏らしたところで、

「あの男、なんとも妙な気がします」

「草薙殿に心服しておるのではござらぬか」

源之助は草薙を見た。

草薙も留吉の意図が読めずに首を捻っていた。

「あの男、足繁く通って来たのはわかるが、わしは違和感を抱いた」

留吉は言った。

「どんなことですか」

草薙が問いかけた。

「黒子《ほくろ》じゃよ」

留吉は鼻の右脇を指さした。

「黒子でございますか」

草薙は益々当惑した。

「やって来るたび、黒子の位置が微妙に異なるのじゃよ」

おかしそうに留吉は笑った。

「ということは付け黒子ということですか」

「そうじゃ」

「一体、なんのためにそんなことを……。普通に考えれば変装ということになるのでしょうが、変装して弟子入り志願する者とはいかにも怪しげですな」

「わしは三浦藩の袴田を名乗るあの男こそが黒蛇の丹三のような気がする」

留吉に言われ、源之助は少なからず驚いた。驚きと共に自分の迂闊さを責めた。あの素朴な田舎侍ぶりにすっかり騙されていた。思えば、袴田は草薙の行方を執拗に知りたがった。

「三浦藩の藩邸に袴田左衛門なる男がいるか確かめます」

源之助が言うと、草薙はよろしくお願いますと頭を下げた。

「袴田が丹三だとすると、わたしを襲った三浦藩の者たちは丹三の手下ということでしょうか」

草薙が問いかけると、

「そういうことじゃろう」

当然のように留吉は答えた。

「よし、これで、奴らを捕縛する道筋がついた」

光明が差し、源之助は奮い立った。

「わたしもお手助けします。わたしが囮《おとり》となって丹三一味をおびき出しましょう」

草薙も勇んだ。

四

源之助は留吉を見た。

「覚悟はあるな」

留吉に言われ草薙は、

「はい」

力強く答えた。

表情が引き締まり、逞しさが滲み出ている。留吉が、

「ならば、内川に文を出せ」

「承知しました。文面は黒蛇の丹三一味もおびき出せるような内容と致します」

草薙が答えると、

「それでよい」

留吉が返事をしたところで木戸に人影が立った。

白河楽翁こと松平定信である。

三人は居住まいを正し平伏した。

「よい、わしは隠居の身じゃ。それに、ここは様々な者が出入りしておる。身分の上下に関わりなく歓談を楽しむ場であるからな」

鷹揚に言葉をかけながら庭を横切ると縁側に腰かけた。定信は留吉に視線を預けた。草薙が戸惑いを示した。留吉の素性を欺いていたことを定信に伝えるべきか迷っているようだ。

「穏やかな日和よな」

定信は青空を見上げた。

真っ白に光る雲が流れ、燕《つばめ》が泳ぐように飛んでいる。野鳥の囀《さえず》りが長閑《のどか》な春日を心地良く彩っていた。

留吉と草薙に目で素性を告げることを示してから源之助は、定信に膝を進めた。

「白河さま、お話が」

源之助が言ったところで定信は三人を見た。源之助は留吉こそが榛名一揆において軍略を駆使し、三万の討伐軍を翻弄した真の軍師であることを明かした。

定信は表情を変えることなく軽く首肯すると、

「さすがは軍師じゃのう。わしも見事に欺かれたわ」

留吉と草薙を見比べ、からからと笑った。留吉と草薙は平伏をした。定信が不快な思いを抱くことはないとわかったことで源之助も一安心し、

「白河楽翁さまにお尋ね致したきことがございます」

定信は静かにうなずく。

「榛名藩村上家には、畏れ多くも東照大権現《とうしょうだいごんげん》さま御下賜の鐙が家宝として受け継がれておりましょうか」

「家康公の鐙じゃと……。はて」

定信の顔が曇った。

定信も心当たりがないということは、やはり内川の法螺話であろう。

「そのような話、聞いたことはない。鐙、太刀《たち》、具足《ぐそく》、家康公所縁《ゆかり》の武具が下賜されておる大名は何人もおるが、村上家には伝わっておらぬ」

定信は記憶を手繰《たぐ》るように斜め上を見上げながら断じた。答えてからどうしてその

ようなことを尋ねたのだと問いかけてきた。

「御存じのように榛名藩鎮撫組と榛名一揆五人衆の争い、黒蛇の丹三一味が秘匿した財宝が深く関わっております。先日、榛名藩の内川弥太郎殿より、丹三が榛名藩の家宝神君家康公下賜の鐚を奪い、榛名藩に買い取るよう求めてくるに違いないとお聞きしたのです」

源之助の話を聞き、

「内川と申す男、どんな意図があって家康公下賜の鐚などと欺瞞《ぎまん》を申したのだ」

定信の目が尖《とが》った。

「推測の域を出ませぬが、内川と丹三は繋がっておると存じます」

「なんと」

定信は絶句した。

丹三一味が盗んだ財宝を榛名砦に隠していたことを内川は黙認していた。おそらくは見返りを受け取っているのだろう。ところが一揆勢が立て籠り財宝のことが草薙たち榛名一揆五人衆と砂山たち鎮撫組にも知られてしまった。内川と丹三は口封じのため殺しを行った。

源之助から推測を聞かされ、定信は唸った。次いで、

「いかにも狡猾で姑息《こそく》、それに凶悪なる者どもよ。見過ごしにはできぬ。榛名藩を手入れしようぞ」

定信は憤りを示した。

隠居の身にある白河楽翁とは別人のごとき厳格な顔つきとなっている。老中首座、将軍後見職として政《まつりごと》を担っていた頃の辣腕ぶりを彷彿《ほうふつ》とさせた。

定信の威勢に源之助は全身に緊張が走り、思わず口籠ったところで留吉が膝を進めた。

「畏れながら申し上げます」

定信が怪訝な顔を向ける。

「榛名藩に御公儀の手が入ること、よきお考えとは思えませぬ」

かつての名宰相にも臆《おく》することなく留吉は言上した。戦国の世の軍師の姿を重ねてしまう。武田信玄《たけだしんげん》に山本勘助《やまもとかんすけ》が、太閤秀吉《たいこうひでよし》に竹中半兵衛《たけなかはんべえ》や黒田官兵衛《くろだかんべえ》が、今の留吉のように憚《はばか》ることなく意見を言ったのであろう。

「何故ぞ」

定信の目が鋭く凝らされる。留吉の横で、草薙が真摯《しんし》な目で定信を見ていた。

「榛名藩は領民から一揆を起こされた失政により、五万石から三万石に減封されました。藩主は隠居、重役五人は責めを負って自刃《じじん》、それにもかかわらず、家臣を減らしてはおりません。新藩主、藩政を担う方々が圧政を反省し、人心を安定させることを考えての措置でございます。お救い小屋で米、味噌を支給され、年貢減免を勝ち取った領民たちは飢えから解き放たれ、明日への希望を持つことができております。過酷な一揆を経て榛名藩は藩と領民が心を一つにして立ち直ろうとしておるのです。そんな榛名藩を内川という悪党一人のために御公儀が弾劾すれば、再び大混乱となります」

貧相な容貌とは対照的に、留吉は流麗な口調で語った。

「ようやくできた瘡蓋《かさぶた》を引きはがすようなことはするなと申すか」

定信の表情は穏やかになった。

留吉は首を縦に振った。

「ならば、いかにする」

定信の問いかけに、

「内川と黒蛇の丹三一味のみを退治します。それには……」

留吉は草薙を見た。

草薙が、

「わたしが囮となります。幸いなことに内川も丹三も、草薙頼母こそが榛名一揆の軍師だと信じております。そして、草薙頼母の口を封じたがっておるのです。わたしが面談を申し込めば、必ずやおびき出せるものと存じます」

続いて留吉が、

「内川は榛名藩に背《そむ》き、立場を利用して私腹を肥やした不届き者であることを重ねて申し上げます」

榛名藩が処罰の対象とはならないことを念押しした。

定信は源之助に向き、

「よかろう。但し、手抜かりがあってはならぬぞ。一網打尽にするのじゃ」

「お任せください」

源之助は眦《まなじり》を決した。

それでも定信は、

「しかし、内川と丹三は警戒するのではないか」

不安が去らないようだ。

「草薙殿の呼び出しに不審を持つということですか」

源之助が問い直すと、

「そうじゃ。よって、内川はその場には行かず丹三一味のみを向かわせるのではないか。それに、草薙は北町も追っておる。草薙と会うために蝮稲荷に赴《おもむ》けば、自分も巻き添えを食うと警戒することもあり得る」

語るうちに定信の危惧の念は高まったようだ。

定信の本心は不確かな要素が残る策よりも榛名藩下屋敷を徹底して手入れし、丹三と下屋敷で行われている賭場を摘発すればいいという強硬手段に傾いている。

源之助も留吉同様、内川と丹三一味の摘発で今回の一件は落着させたい。それには定信を納得させるだけの策を凝らさなければならない。

どうする。

必死で知恵を絞る。

留吉も定信の心中を察したようだ。源之助に向いて、

「蔵間殿も囮になってくだされ」

と、言った。

定信の口元が引き締まった。

「囮ですか。わたしが囮になることで内川を引き出すことができれば異存はござらん」

源之助が返すと、

「ならば、白河さま。草薙の首に千両の懸賞金をかけてくだされ」

留吉は言った。

定信は黙って話の続きを促した。

「蔵間殿は草薙と留吉の所在がわかったと内川を訪ねるのです。そして、貴殿と自分で賞金を山分けしたいから、町方の応援は不要としたい。ついては、草薙と留吉を蝮稲荷におびき寄せるから、内川殿も一緒に二人を捕縛しようと持ち掛けるのです」

留吉の策を受け、

「なるほど、それなら欲深く尚且つ用心深い内川であってもおびき出すことができるでしょう。内川は丹三と連絡を取り、わたしもろとも、草薙殿と留吉殿を始末しようとするでしょうな」

さすがは留吉だと思った。

貧相な容貌の留吉だが、いや、それだけに軍師の凄みを感じた。

定信も、

「よかろう。懸賞金のことはわしが幕閣を動かし、北町の奉行永田備後守に掲げさせる」

と、請け負ってくれた。

「頼母、心してかかれ」

留吉に言われ、

「承知しました」

逞《たくま》しくなった草薙が答えた。

源之助とても全身の血が滾《たぎ》った。ふと袴田左衛門の顔が脳裏を過る。お人好しの田舎侍を装った大悪党と貧相な容貌ながらも優れた学識を持つ留吉、勝利するのは明らかだ。

五

弥生も半ばを過ぎ、葉桜の時節となった十五日、草薙頼母に千両の懸賞金がかけられたと江戸中が湧き返った。

「千両ですってよ」

京次が源太郎に言った。

「それがどうした」

憮然として源太郎は返す。

二人は草薙の行方を追って神田界隈を回っていた。

「生け捕りにした者には千両、殺した者は八百両、居所を見つけただけでも五百両ですってよ。誰でも問わないってことですから、あっしらも頂戴《ちょうだい》できるってこってすかね」

源太郎の不機嫌にも構わず、京次は続けた。

「ふん、金目当てで草薙を探しておるわけではない。それに、町奉行所の役人は対象外だ」

摑みかからんばかりに源太郎は言い返した。

だが、懸賞金が出るということは自分たちの働きが悪いからである。頼りにならないと烙印を押されたようなもので、不甲斐なさに落ち込みそうになる。

「すまん、おまえに当たっても仕方がないな。要するに草薙を探し出せばよいことだ」

詫びを入れると幾分か気持ちが落ち着いた。京次も余計なことを言ったと謝ってから、

「草薙の所にいた留吉って年寄、居なくなっていますね」

のだ」

と、報告した。

「草薙が行方知れずとなって仕事がなくなったのだろう。星野屋はなんと言っている

「星野屋も、留吉がいつの間にかいなくなったって言ってましたよ」

「星野屋が雇っていたのではないのか」

「草薙について来たそうですよ。草薙の従僕なんだそうです」

「ということは、草薙の所に行ったのかもしれぬな」

「まさか、留吉が草薙を売ることはないでしょうがね」

京次は言った。

「黒蛇の丹三といい、草薙といい、よくも雲隠れできるものだな」

「そういえば、丹三には懸賞金が懸けられていないんですね」

妙なもんだと京次はいぶかしんだ。

「草薙は北町が担当、懸賞金は御奉行から出る。丹三を追捕の指揮に当たるのは関東郡代、責任者となると上役の勘定奉行だ。勘定奉行の役料は年に五百両、町奉行は二千両だぞ」

「なるほど、御奉行さまの懐《ふところ》具合ってこってすか」

「どうでもいいことだ。我らは草薙を探し出すだけだ。それとも、京次、千両が欲しいか」

「要りませんよ、って啖呵《たんか》を切りてえですがね、本音のところは欲しいでさあ。源太郎さんはどうです。おおっと、堅物の源太郎さんにこんなこと訊いたら、怒られますかね」

源太郎は歩みを止め、

「いらん」

語気を強め答えてから頰を緩め、

「というのは嘘だ。わたしだって、千両欲しいさ」

「ですよね」

京次も破顔した。

「でもな、恰好をつけるようで不快かもしれぬが、懸賞金として受け取る千両よりも草薙を捕縛した褒美として御奉行から下賜される報奨金がたとえ五十両であったとしても、わたしはその五十両の方がうれしい」

「それが八丁堀同心の心意気ってもんですよ。さすがは蔵間源之助さまのご子息だ」

京次に褒められ、草薙探索への意欲が湧いてきた。

「ところで、蔵間さまならどうですかね。草薙を捕らえて懸賞金千両を喜んでお受け取りになりますかね」

京次に問われ、

「父は……、もらうだろうさ。蔵間源之助、八丁堀同心に誇りを持っているが仏さまじゃないさ」

源太郎が答えると、京次ももっともだとうなずいた。

留吉の策を源之助は実行しようとしていた。

内川に文を送り、草薙頼母と留吉の居所を摑んだことを書いた。果たして内川はおっとり刀で居眠り番に駆け付けて来た。

「確かでござるか」

挨拶もそこそこに内川は問いかけてきた。

「草薙も心細くなったのでござろう。わたしに接触をしてきた。逃亡に疲れ、奉行所に自首したいが、千両の懸賞金が懸かっているため身の危険を感じているとわたしを頼ってきたのです」

「なるほど、して、わたしに報せてくれたというのはいかなるわけですか」

「その前に、草薙はまこと黒蛇の丹三一味、留吉こそが丹三なのですか」

「拙者はそう考える。間違っているかどうかは、草薙を捕らえればわかることでござろう」

うまいことを言いながら、丹三たちに草薙を殺させるつもりだろう。

「そうですな。幸い、草薙は留吉も伴って来るということです」

「それは益々好都合ですな。よくぞ、拙者に教えてくだされた」

空々しい感謝の言葉を発しているものの、目は疑わしげに凝らされ、源之助の狙いを推し量っているようだ。

「懸賞金千両、欲しいですな」

源之助は独り言にように呟いた。内川がにんまりとし、

「蔵間殿でも千両は魅力ですか」

「あたり前ではござりませぬか。わたしは聖人君子ではありませんぞ。千両手に入れば、同心なんぞ辞めて、悠々自適、湯治《とうじ》に伊勢参《いせまい》り、上方《かみがた》見物など心行くまで楽しめるというものです」

「ですが、北町の同心である蔵間殿は草薙を捕らえようが懸賞金を受け取れぬのでござろう」

「そこです。いかにも勿体《もったい》ない。せっかく千両が舞い込むというのにみすみす見逃してしまうとは。そこで、内川殿にご協力を願いたいのです」

「ほほう、読めましたぞ。蔵間殿は草薙、留吉と落ち合う場に拙者を呼び、わたしに両名を捕縛させるおつもりですな」

「ご名答です。内川殿は懸賞金千両を手にされる」

「そして、千両の内から蔵間殿は見返りを求めておられるわけですな」

「いかにも」

「いいでしょう。いくらお渡ししましょうか」

「半分の五百両。二人で山分け致しましょうぞ」

源之助は笑みを投げかけた。

「わかりました。お受けしましょう。蔵間殿は話のわかるお方だ。さすがは練達の八丁堀同心、酸《す》いも甘いも嚙み分けておられる」

内川は喜んだ。

「ならば、今宵、夜九つの神田の蝮稲荷にまいられよ」

「蝮稲荷ですか。わかりました。これで、決着がつけられるというわけですな。思えば、昨年の秋一揆が起きてからの騒動がようやく落着するというものでござる」

しみじみと内川は言った。

六

夜九つとなった。

源之助は矢作兵庫介と共に蝮稲荷の雑木林の中に潜んでいる。夜空にくっきりと満月が浮かび、境内を明々と照らしている。

「たまげたな、親父殿」

矢作は源之助から一連の事件が内川と丹三の仕業と聞かされ、驚きを隠せない。

「で、黒蛇の丹三、間違いなくやって来るのだな」

「来るさ。殺しの仕上げになな」

自信たっぷりに源之助は答えた。

「しかし、内川は財宝を知る者を口封じしたあと、どうするつもりなんだ。榛名砦に丹三一味が隠した盗品があったことは周囲に漏れてしまったんだろう」

矢作は納得できないようだ。

「内川は丹三と共に財宝を己が物としておいて、財宝は丹三一味が持ち去ったと言い張るつもりだろう。うまくいけば、留吉と草薙を丹三と一の子分にして、財宝は残りの子分たちが持ち去ったことにする魂胆ではないか」

源之助が考えを述べると、矢作はそうはさせるものかと眦を決した。

夜九つを告げる鐘の音と共に草薙と留吉が入って来た。源之助は雑木林の中から境内に出た。

二人と視線を交わし、うなずき合う。

時を置かずして内川が到着した。内川は源之助に会釈をしてから草薙に向いて、

「草薙殿、しばらくであるな」

「内川殿、お元気そうですな」

草薙が挨拶を返すと、

「そなた、今でも草薙に従っているのだな。なあ、黒蛇の丹三」

内川は留吉をねめつけ、黒蛇の丹三だと断じた。

「何をおおせになりますか。わしは留吉ですだ。黒蛇のなんたらいう盗人なんかじゃござぇませんぜ」

力みもなく淡々と留吉は否定した。

「内川殿、留吉は否定しましたぞ。草薙殿とて盗人の一味などとお認めにはならぬ」

源之助の言葉に草薙は首を縦に振った。

「盗人猛々《たけだけ》しいとはこの者たちだ」

内川が鼻白《はなじろ》んだところで、

「内川弥太郎、貴様は盗人に武士の魂を売ったではないか」

草薙が怒声を放った。

春風のような安らぎは消え失せ、悪党を糾弾する正義の念が溢れ出ている。思いもかけない草薙の反撃に内川がたじろいだところで、

「草薙先生、大丈夫ですか」

袴田左衛門が侍を率いてやって来た。源之助が、

「こちらのみなさんは……」

と、侍たちを見回した。

「三浦藩のわが同志です。我らで草薙先生をお守り致します」

抜け抜けと袴田は答えた。

源之助は侍たちに視線を据えたまま、

「おや、お見かけした方々がおられますな。ほれ、神田の縄暖簾《なわのれん》近くでお会いしましたぞ。あれ、おかしいですな、あの時は貴殿ら榛名藩を名乗られたはず」

袴田に視線を転ずると、

「聞き違いではござりませぬか」

源之助の視線から逃れるように、袴田はそっぽを向いた。すると留吉が袴田に歩み寄り、

「お顔にごみがついとりますだ」

と、言った。

「ごみだと」

袴田は戸惑った。

「拭いてさしあげますだ」

留吉は頬被《ほおかむ》りしていた手拭《てぬぐい》を取って袴田の顔を拭いた。思いもかけない留吉の所業に袴田は固まっていたが、

「やめろ」

と、後ずさり、

「汚い手拭を使いおって」

手で己が顔を撫でた。そして違和感を抱いたようで留吉を睨んだ。大きな黒子が取れ去り、黒蛇の丹三の顔が現れた。

「ごみが取れていいお顔になりましただ。きりりと引き締まったお顔です」

留吉は言った。

素早く源之助は丹三の背後に回り、大刀を抜き放つや目にも止まらぬ早業で袈裟掛《けさが》けに振り下ろした。

びゅんと夜風を切り裂く音と同時に鋭い鍔鳴《つばな》りが境内に響き渡る。源之助が納刀したところで丹三が振り返った。

「卑怯ですよ、背中を斬るなんて」

丹三は頬を引き攣《つ》らせ抗議をした。

「おまえに言われたくはない。なあ、黒蛇の丹三、おまえたちの常套《じょうとう》手段であろう」

源之助が返したところで、丹三の着物が羽織ごとはらりと舞った。着物は両断され、背中がむき出しとなった。

「黒蛇の丹三……」

草薙が言った。

丹三は草薙に振り返り、源之助に背中を見せた。

煌々《こうこう》と輝く満月が背中一面に彫られた黒蛇を照らしている。真っ黒な蛇がとぐろを巻く有様は、丹三の凶暴さと冷酷さを示していた。

「内川、丹三、観念しろ」

源之助が大音声を発したところで、雑木林の中から矢作が飛び出して来た。

「妙吉、やっちまえ」

丹三は子分たちをけしかけた。

子分たちが刀を抜いた。源之助と矢作は十手《じって》で応戦する。草薙は留吉を背中に庇い、抜刀して襲撃に備えた。

境内には怒声と悲鳴、刀と十手がぶつかり合う音が充満し修羅場と化した。子分たちが勢いで刃を振り回しているのに対し、源之助と矢作は冷静に十手を駆使し、子分たちを打ち据えてゆく。

「悪党、地獄へ送ってやる」

地べたを這う子分たちを踏みつけながら、矢作は立っている敵の顔面を容赦なく十手で殴打する。

頬骨が砕け、鼻血を噴きながら敵は境内に転がる。悲愴に逃げ惑う子分たちとは対象的に矢作の楽しげな様子は、地獄で暴れ回る鬼のようだ。

ついには内川に向かって十手を突き付けた。

「おのれ、町方風情が……。不浄役人めが」

内川は蔑《さげす》みの言葉を矢作に投げかけたが、うろたえる矢作ではない。

「ふん、不浄役人で結構、この盗人侍め！」

矢作は渾身の力を込めて十手を振り下ろした。内川は大刀で受け止めたが、刃は真っ二つに両断され、十手が肩を殴りつけた。

鎖骨が折れる鈍い音に叫び声が重なり、内川は膝から崩れた。

矢作の活躍を横目に源之助も奮戦している。

丹三が踵《きびす》を返し雑木林に向かって駆けだした。

「おのれ」

迷うことなく源之助は追いかける。

雑木林の中に飛び込むと黒蛇の彫り物が見えた。

すかさず源之助は鉛の薄板を仕込んだ雪駄を脱ぎ、右手に持つと黒蛇を目当てに丹三の後頭部を狙って投げつけた。ところが、下ばえに足を取られたため雪駄は的を外し、丹三の背中を直撃した。

それでも丹三を驚かせるには十分であったようで、丹三は足をもつれさせ前のめりに倒れた。

すかさず源之助は走った。

丹三は立ち上がろうと草むらの中でもがいていたがやがて苦悶の表情を浮かべ、苦しみ悶えた。それでも、必死で立ち上がると逃れようと背中を向けた。

黒蛇に蝮がまとわり付いている。

首や両肩から蝮がぶら下がり、丹三の全身に嚙みついていた。

断末魔の形相となった丹三は仰向けに倒れた。

凶悪なる黒蛇の丹三は蝮によって地獄へと導かれた。

弥生《やよい》の晦日《みそか》、源之助は日本橋長谷川町の履物問屋杵屋善右衛門宅を訪れた。

「やみませんなあ」

善右衛門が言ったように、昨日から篠《しの》つく雨が降り続いている。一足早い梅雨がきたようだ。

二人は屋根瓦《がわら》を打ち付ける雨音を聞きながら居間で碁を打っている。

善右衛門が黒番、源之助が白番だ。

善右衛門は黒石を手に、

「北町の筆頭同心、牧村さまがおなりになるそうですね」

「さすがは善右衛門殿、耳が早いですな」

源之助は碁盤に視線を落としながら返した。

「これでも町役人ですからな」

言ってから善右衛門は黒石を置いた。

町奉行永田備後守から緒方小五郎引退に伴い、筆頭同心復帰の要請を受けた源之助は断り、新之助を推挙したのである。

まだまだ経験不足で自分には荷が重過ぎると固辞した新之助であったが、熱心な源之助の説得と同僚たちからも望む声が上がったことで、ようやくのこと引き受けたのである。

新之助なら筆頭同心の務めを果たすことだろう。

「ところで、山田先生の兵学塾、大変な評判を呼んでおりますな。善太郎も通っております。もっとも、あいつは兵学を学ぶというよりは戦記物の講談を聴きに行っているのですが」

善右衛門は苦笑を漏らした。

山田留吉は神田お玉が池で兵学塾を開いた。といっても、堅苦しい兵学ばかりではなく戦国の世に繰り広げられた有名な合戦を絵図面を駆使して面白おかしく語ることが好評を博しているのだ。

留吉は松平定信から仕官を勧められた。浴恩院に住まいし、御用学者として仕えるよう求められたのだ。留吉は辞退し、替わりに草薙頼母を推挙した。若い草薙ならば定信が望む泰平の世の兵学を打ち立てることができると強く推したのだ。

定信は留吉の願いを受け、草薙を御用学者として召し抱えた。留吉は市井《しせい》に暮らし、穏やかに余生を送ることを望んだ。市井の人々と交わることで容貌への劣等感も失せ、笑顔が絶えないそうだ。

内川弥太郎は藩主村上肥後守から切腹すら許されず、打ち首に処された。黒蛇の丹三一味が秘匿した財宝は関東郡代に返還され、八州廻りが盗まれた主《ぬし》を探索中ということだ。

「そうそう、蔵間さま、筆頭同心復帰をお断りになられたそうですな」

思い出したように善右衛門が尋ねてきた。

「まあ、そんな話もありましたかな」

「どうしてお断りになったのですか」

いぶかしむ善右衛門に、

「若い者に道を譲るべきと思いましてな」

留吉のあばた面を思い浮かべながら源之助は答えた。

「それもそうですな。わたしも善太郎に任せましょうかな」

ぶつぶつと口の中で呟く善右衛門には迷いがあるようだ。今も店の切り盛りは善太郎に任せているのだが、名実共に隠居することには躊躇いがあるのだろう。

源之助とて、筆頭同心を辞退しただけで八丁堀同心を辞める気はない。影御用がある限り、生涯現役を貫くつもりである。

「さあ、蔵間さまの番ですぞ」

善右衛門に促がされ、碁に集中した。

雨音が心地よい。現役であり続けるには、ゆっくりと過ぎる時に身を任せるのがいいのかもしれない。

春風《はるかぜ》の軍師《ぐんし》 居眠《いねむ》り同心《どうしん》 影御用《かげごよう》22

著者 早見《はやみ》 俊《しゅん》

発行所 株式会社 二見書房
東京都千代田区三崎町二－一八－一一
電話 〇三－三五一五－二三一一［営業］
〇三－三五一五－二三一三［編集］
振替 〇〇一七〇－四－二六三九

印刷 株式会社 堀内印刷所
製本 株式会社 村上製本所

 ISBN978－4－576－17040－4
http://www.futami.co.jp/

時代小説
二見時代小説文庫

居眠り同心 影御用　源之助人助け帖

早見俊［著］

凄腕の筆頭同心蔵間源之助はひょんなことで閑職に左遷されてしまった。暇で暇で死にそうな日々にさる大名家の江戸留守居から極秘の影御用が舞い込んだ！　第1弾！

朝顔の姫　居眠り同心 影御用2

早見俊［著］

元筆頭同心に、御台所様御用人の旗本から息女美玖姫探索の依頼。時を同じくして八丁堀同心の審死が告げられた…左遷された凄腕同心の意地と人情！　第2弾！

与力の娘　居眠り同心 影御用3

早見俊［著］

吟味方与力の一人娘が役者絵から抜け出たような徒組頭次男坊に懸想した。与力の跡を継ぐ婿候補の身上を探れ！「居眠り番」蔵間源之助に極秘の影御用が…！

犬侍の嫁　居眠り同心 影御用4

早見俊［著］

弘前藩御馬廻り三百石まで出世し、かつて道場で竜虎と謳われた剣友が妻を離縁して江戸へ出奔。同じ頃、弘前藩御納戸頭の斬殺体が柳森稲荷で発見された！

草笛が啼《な》く　居眠り同心 影御用5

早見俊［著］

両替商と老中の裏を探れ！　北町奉行直々の密命に居眠り同心の目が覚めた！　同じ頃、見習い同心の源太郎が行き倒れの少年を連れてきて…。大人気シリーズ第5弾！

同心の妹　居眠り同心 影御用6

早見俊［著］

兄妹二人で生きてきた南町の若き豪腕同心が濡れ衣の罠に嵌まった。この身に代えても兄の無実を晴らしたい！　血を吐くような娘の想いに居眠り番の血がたぎる！

殿さまの貌　居眠り同心 影御用7

早見俊［著］

逆袈裟魔《ぎゃくげさま》出没の江戸で八万五千石の大名が行方知れずとなった！　元筆頭同心で今は居眠り番と揶揄される源之助のもとに、ふたつの奇妙な影御用が舞い込んだ！

二見時代小説文庫

信念の人 居眠り同心 影御用8

早見俊〔著〕

元筆頭同心の蔵間源之助に北町奉行と与力から別々に二股の影御用が舞い込んだ。老中も巻き込む阿片事件！同心の誇りを貫き通せるか。大人気シリーズ第8弾！

惑《まど》いの剣 居眠り同心 影御用9

早見俊〔著〕

居眠り番蔵間源之助と岡っ引京次が場末の酒場で助けた男の正体は、大奥出入りの高名な絵師だった。なぜ無銭飲食などをしたのか？これが事件の発端となり…。

青嵐《せいらん》を斬る 居眠り同心 影御用10

早見俊〔著〕

暇をもてあます源之助が釣りをしていると、暴れ馬に乗った瀕死の武士が…。信濃木曽十万石の名門大名家に届けてほしいとその男に書状を託された源之助は…。

風神狩り 居眠り同心 影御用11

早見俊〔著〕

源之助の一人息子で同心見習いの源太郎が夜鷹殺しの現場で捕縛された！濡れ衣だと言う源太郎。折しも街道筋を盗賊「風神の喜代四郎」一味が跋扈していた！

嵐の予兆 居眠り同心 影御用12

早見俊〔著〕

居眠り同心の息子源太郎は大盗賊「極楽坊主の妙蓮」を護送する大任で雪の箱根へ。父源之助の許には妙蓮絡みの奇妙な影御用が舞い込んだ。同心父子に迫る危機！

七福神斬り 居眠り同心 影御用13

早見俊〔著〕

元普請奉行が殺害され亡骸には奇妙な細工！向島七福神巡りの名所で連続する不思議な殺人事件。父源之助と新任同心の息子源太郎よる「親子御用」が始まった。

名門斬り 居眠り同心 影御用14

早見俊〔著〕

身を持ち崩した名門旗本の御曹司を連れ戻すという単純な依頼には、一筋縄ではいかぬ深い陰謀が秘められていた。事態は思わぬ展開へ！同心父子にも危険が迫る！

闇の狐狩り 居眠り同心 影御用15

早見俊［著］

碁を打った帰り道、四人の黒覆面の侍たちに斬りかかられた源之助。翌朝、なんと四人のうちのひとりが、寺社奉行の用人と称して秘密の御用を依頼してきた。

悪手《あくしゅ》斬り 居眠り同心 影御用16

早見俊［著］

例繰方《れいくりかた》与力の影御用、配下の同心が溺死した件を内密に調査してほしいという。一方、伝馬町の牢の盗賊が本物か調べるべく、岡っ引京次は捨て身の潜入を試みる。

無法許さじ 居眠り同心 影御用17

早見俊［著］

火盗改の頭から内密の探索を依頼された源之助。火盗改密偵三人の謎の死の真相を探ってほしいというのである。〝往生堀〟という無法地帯が浮かんできたが…。

十万石を蹴る 居眠り同心 影御用18

早見俊［著］

世継ぎが急逝したため、十二歳で大名家を出された若君が十一年ぶりに帰った。果たして彼は本物なのか？ 美濃恵那藩からの影御用に、居眠り同心、捨て身の探索！

闇への誘い 居眠り同心 影御用19

早見俊［著］

闇奉行と名乗る者の手で、罪を免れた悪党たちの打ち首が辻々に晒される。人々の熱狂の陰で進行する闇の力による恐るべき企み……寺社奉行からの特命影御用とは!?

流麗の刺客 居眠り同心 影御用20

早見俊［著］

浪人が人質と立て籠もった。逃げた妻を連れて来いという。駆け付けた源之助が見たのは、同心の勘を打ち破る想像を絶する光景だった。謎が謎を呼ぶ事件とは？

虚構斬り 居眠り同心 影御用21

早見俊［著］

偽同心による押し込み事件が江戸を騒がす中、将軍御曹子から〝影御用〟が舞い込んだ。奉行所醜聞騒動の陰に三千石名門旗本家への将軍庶子養子入りの噂が…!?